［あじあブックス］
024

中国幻想ものがたり

井波律子

大修館書店

まえがき

『論語』の「述而篇《じゅつじ》」に、「子《し》は怪力乱神《かいりきらんしん》を語らず」という条がある。儒家思想の祖孔子は、「怪（怪異）」「力（並はずれた強力）」「乱（無秩序）」「神（神秘）」については言及しなかったというのである。この言葉は、儒家思想ひいては儒教の現実主義・合理主義をずばり表現したものとして、はなはだ人口に膾炙する。

伝統中国を長らく支配しつづけた儒家思想・儒教に顕著に見られる、こうした現実の地平を超えた事象に対する禁欲的な姿勢は、中国文学史の上にもはっきり映し出されている。「詩」が文学ジャンルとして確立された六朝《りくちょう》時代（三世紀初め〜六世紀末）以降、清代（一六四四〜一九一一）に至るまで、えんえんと正統文学の地位を占めつづけたのも、リアリスティックな表現を旨とする詩および文（伝統的散文）だったのだから。

では伝統中国において、自在に想像を膨らませ、虚構の世界を構築する幻想文学・幻想ものがたりは存在しなかったのか。むろんそんなことはない。それどころか、六朝時代から清代に至るまで、正統文学（詩文）の裏で、おびただしい数の幻想ものがたりがえんえんと作られつづけてきたのである。

中国幻想ものがたりの大いなる流れは、六朝時代に大量に作られた「六朝志怪《しかい》」と呼ばれる怪異短篇小説群を、直接の源とする。この流れは、八世紀後半の中唐以降、続々と生み出された短篇小説群「唐代伝奇《でんき》」に受け継がれ、小説ジャンルとして飛躍的な成熟を遂げる。

これを受け、宋代（北宋九六〇～一一二六、南宋一一二七～一二七九）以降、清代に至るまで、無数の文人の手で、多種多様の物語幻想を駆使した短篇小説が、それこそ洪水のように作られてゆく。これら宋代以降に書かれた短篇小説群は「筆記小説」と総称され、正統的な教養を身に付けた知識人が、気晴らしのために執筆するのが常だった。ちなみに、六朝志怪・唐代伝奇から宋代以降の筆記小説に至るまで、これらの作品に用いられた文体は、すべて書き言葉である「文言《ぶんげん》」にほかならない。

知識人の手になる「文言小説」の隆盛と平行して、やはり宋代以降、民衆世界の語り物が盛んになり、やがてこれを文字化した講釈師のテキスト「話本《わほん》」も出回るようになる。「話本」の文体には、聴衆を前にした講釈師の語り口をそのまま生かした、話し言葉の「白話《はくわ》」が用いられた。

実のところ、その後の中国小説史の主流になったのは、この盛り場育ちの「白話小説」のほうであった。明代（一三六八〜一六四四）に刊行された『三国志演義』『水滸伝』『西遊記』『金瓶梅』、清代中期に著された『紅楼夢』など、それぞれの手法で物語幻想を大々的に展開した傑作長篇小説も、明末に編纂された短篇小説集「三言《さんげん》」「二拍《にはく》」などに収められた、趣向を凝らした短篇小説群も、すべて白話で書かれたものである。

というわけで、宋代以降の中国小説史は、六朝志怪・唐代伝奇以来の文言を用いた小説と、もともと民衆世界の文体だった白話を用いた小説が、平行して書き継がれ、共存共栄してゆくという形をとる。ただ、この両様の小説形式のうち、文言小説のほうは、それでも優雅な知的遊戯の一種として認知されたが、後者の白話小説のほうは、とりわけ明代以降はすべて有名無名の知識人を作者とするにもかかわらず、伝統的な文学観のもとで、あっさり「俗文学」と一括りにされ、蔑視されつづけてゆく。

それはさておき、その文体が文言であれ白話であれ、また短篇であれ長篇であれ、中国文学史において終始一貫、傍流を占めつづけた小説のジャンルには、建前としての儒教的現実主義・合理主義が封印した「怪・力・乱・神」、すなわち現実の地平を超えた怪異や神秘がひしめきあっている。本書は、まさに物語幻想の宝庫ともいうべき、中国の文言小説および白話小説、はたまた元代以降、さかんに作られた戯曲（これもむろん白話で書かれている）から題材をとり、中国における幻想ものがたりの系譜を、「夢の巻」「恋の巻」「怪異の巻」の三部構成（各十二節。全三十六節）によって、具体的にたどったものである。

第一部「夢の巻」では、実際の夢を素材とした作品はむろんのこと、異界幻想や分身幻想など、超現実的という意味での夢をモチーフとする作品をも取り上げた。

第二部「恋の巻」では、ロマンティックな恋模様から、なんともどぎつい色恋のドタバタ騒動まで、多種多様の恋を描いた物語を取り上げ、中国恋ものがたりの様相を多角的に探った
第三部「怪異の巻」では、六朝志怪いらいそれこそヤマと語られ作られつづけた、怪異ものがたりに焦点をあて、手を替え品を替え描かれる幽霊や妖怪変化のイメージを追跡した。

こうして三部に分けながら、本書で取り上げた作品は、おびただしい数にのぼる。本書が、およそ考えられるかぎりの物語幻想にあふれかえった、「中国幻想ものがたり」の世界への水先案内になればと願いつつ、それでは幻想の海へと船出することにしよう。

目次

まえがき　iii

恋の巻……71

怪異の巻……151

夢の巻

1　古代の夢ものがたり

中国の古典文学には、詩文、小説、戯曲、筆記（随筆）等々、ジャンルを問わず、非現実的な夢の世界を描いた作品が、それこそ枚挙に暇がないほど見える。

伝統中国の正統思想である儒家思想は、現実重視のリアリズムが身上であり、始祖孔子以来、「怪・力・乱・神」、すなわち知的に認識できない非合理な現象に対して、きわめて冷淡であった。

もっとも、孔子（前五五一〜前四七九）には「甚《はなは》だしいかな、吾《わ》が衰えたるや。久しいかな、吾れ復《ま》た夢に周公《しゅうこう》を見ず」（『論語』述而篇）という、夢に関する有名な発言がある。春秋時代の乱世に生きた孔子は、「仁」や「礼」を秩序の基軸とする社会を作り出すべく、試行錯誤をつづけた。そんな孔子にとって、周王朝創成期の偉人、周公旦《たん》は理想の存在でありつづけた。周公の夢は孔子を鼓舞し、意に染まぬ現実に立ち向かう勇気を与えたのである。つまるところ、ここでは夢は、あくまで孔子の現実を補完する第二義的なものとして、位置付けられているといってよい。

孔子と対照的なのが、老子とともに道家思想の祖と目される荘子《そうし》（前三六九?〜前二八六?）である。荘子にとって、夢と現実は等価であり、交換可能であった。あまりにも有名な「蝴蝶の夢」の寓話には、こうある。

かつて荘子は蝴蝶になった夢をみた。ひらひらと舞う蝴蝶である。なんとも楽しい気分になって、自分が現実では荘子という人間であることも忘れはてていた。ふいに、目が覚めると、まぎれもなくやっぱり自分は荘子という人間にほかならない。しかし考えてみれば、自分が夢で蝴蝶になっていたのか、それともさっきからひらひら舞っていた蝴蝶が夢をみて、いま荘子という人間になっているのか、それはわからない。

（『荘子』斉物論篇）

夢も現実であり、現実もまた夢だと、荘子はいう。ここでは、夢と現実の境界があいまいにぼやけ、いつしか混然と合体する。

現実と非現実の境界を無化し、ひらひら夢の無限空間を飛翔する荘子には、生と死の区別もない。冷え冷えと死の沈黙に凍りつく髑髏《どくろ》さえ、荘子の夢のなかでは生き生きと蘇り、雄弁に語りかける。『壮子』至楽篇には、あらまし以下のように髑髏との問答が記されている。

あるとき荘子が旅をしていると、道ばたに髑髏がころがっていた。その髑髏を枕に眠ったところ、夢に髑髏があらわれて、死者の世界の楽しみを語りはじめた。死者の世界には君主も家来もなく、慌ただしい季節の移り変わりもない。天地自然の悠久の時間にゆったり身をまかせ、ひたすら絶対自由の境地に遊ぶだけ。こうした死者の境地には、生者の世界で万人に君臨する王者もかなわない、と。

先の蝴蝶の夢およびこの髑髏との夢問答の例に端的に示されるように、寓話的に構成された荘子の夢語りは、人の夢みる力を全面的に肯定したところから生まれている。この意味で、荘子こそ、現実世界とは異なる文脈をもつ異界を次々に紡《つむ》ぎだす、後世の中国夢ものがたり、ひいては中国幻想文学の祖にほかならないのである。

付言すれば、荘子より少し先輩で、やはり道家的思想家の列子《れっし》も、夢語りの先駆者の一人に数えられる。修行を重ね風に乗ることができるようになった列子は、天空をしばし飛翔したかと思うと、妻子の待つ地上世界に舞いもどる生活を繰り返していた。こうして幻化の世界を浮遊する列子にとって、夢も現実もひとしく幻にすぎなかった。その著とされる『列子』「周穆王篇《しゅうぼくおう》」に、こんな寓話がある。

周の尹《いん》氏は大金持ちなのに、めっぽう人使いが荒かった。このため、ある老僕などはいつも疲労しきっていたが、その実、彼には救いがあった。なんと彼は夜ごと国王になり、このうえなく楽しい生活を送る夢をみるのだ。だから、つらいだろうと人に同情されると、「人の一生はせいぜい百年、そのうち夜と昼が半分ずつです。私は昼間は下僕ですが、夜は国王になって楽しく暮らします。だから、なんの怨みもありません」と答えるのだった。

これにひきかえ、主人の尹氏の方は、昼は家業に神経をすりへらして疲労困憊《こんぱい》したうえ、夜ごと他人の下僕になってこき使われる悪夢にうなされ、気の休まる暇もないありさま。

「荘生化蝶」(『程氏墨苑』)

この寓話を通して列子は、昼間こき使われても、夜みる夢で国王になる老僕の方が、悪夢にうなされる財産家よりもずっと幸福だと説く。荘子に比べ、たとえは卑近だとはいえ、ここでも現実と夢の境界はあっさり無化され、非現実的な夢の世界が、現実世界と拮抗するリアリティをもって浮上してくる。

この荘子の先輩列子にすでに顕著に見られるように、道家思想は夜みる夢を昼の現実と等価、もしくはそれを凌駕するものとみなす。現実重視の儒家思想が昼の思想であるとすれば、これを逆転させた道家思想は夜の思想・夢の思想なのだ。夜の思想・夢の思想は、昼の思想が封印したシュールな「怪・力・乱・神」を思い切りよく、いっせいに解き放つ。奇想天外な物語幻想にあふれる中国夢ものがたりの系譜は、こうして道家が解き放った「怪・力・乱・神」と、はなばなしく戯れることによって、形づくられてゆく。

ただ残念ながら、列子や荘子を代表とする道家は、中国夢ものがたりの主要なテーマの一つである恋の夢については、いっさい語らない。恋の夢を語った最初の人物としてあげられるのは、荘子とほぼ同時代人で、『楚辞《そじ》』の作者として知られる屈原《くつげん》（前三四〇?～前二七八?）、およびその弟子と目される宋玉《そうぎょく》である。このうち屈原の場合は、『楚辞』に収める連作詩篇「九歌」をはじめ、なるほど女神への恋を歌ったとおぼしい作品が確かに存在する。しかし、ここに表現される恋の感情は、せんじつめれば、何か名付けようのないものを求める、心の動きの比喩として用いられており、恋の夢じたいを追求したものとはいいがたい。

その意味で、宋玉の著した「高唐《こうとう》の賦《ふ》」および「神女の賦」こそ、恋の夢の顚末を描いた中国最初の作品と呼べるであろう。ちなみに「高唐の賦」は、楚の王が夢のなかで巫山《ふざん》の仙女と邂逅し、つかのまの契りを結んだ、いわゆる「高唐の夢」もしくは「朝雲行雨《ちょううんこうう》の夢」を記した作品であり、「神女の賦」は、宋玉が夢で出会った神女の、美の化身ともいうべき姿を、華麗なレトリックを駆使して描き上げた作品である。姿をあらわしたかと思うと、たちまち非在の彼方に消えてゆく夢の美女との、はかない恋の物語。宋玉が委曲を尽くして描き上げた夢は、以後、恋をテーマとする中国のすべての夢ものがたりの源泉として、繰り返し想起されるに至る。

荘子の蝴蝶の夢、髑髏との夢問答。そして宋玉の高唐の夢。さまざまな形で、シュールな「怪・力・乱・神」と交感する古代の夢語りを踏まえて、中国夢ものがたりは時代とともに、その世界を無限に膨らませてゆくのである。

2　宝島の夢

洞窟や深い穴をくぐりぬけ、仙界に到達するという話は、六朝志怪《りくちょうしかい》小説いらい、中国の小説にそれこそ枚挙に暇がないほど見える。陶淵明《とうえんめい》の「桃花源記《とうかげんのき》」を嚆矢とする理想郷訪問譚も、このヴァリエーションである。

これらの話に見える仙界や桃源郷の時間構造は、現実世界に比べ、はるかに波長が長くゆったりとしているのが常だ。それは、有限の命を生きる人間の時間的限界を超越したいという切望にもとづく、「時間の夢」にほかならないのである。この「時間の夢」の結晶たる仙界や理想郷は、トポス的には現実と地続きの山の彼方に設定されるケースが多い。

むろん山ならぬ海の彼方に、不老不死の仙薬や仙人を求めた例がないわけではない。紀元前三世紀初め、不滅願望にとりつかれた秦《しん》の始皇帝が、方士《ほうし》の徐市《じょふつ》（徐福）に大船団を指揮させ、仙人の住む「東海の三神山（蓬萊《ほうらい》・方丈《ほうじょう》・瀛洲《えいしゅう》）」を探索させたのは、その顕著な例だ。大船団はついにもどらず、この探索は大失敗に終わった。だからというわけでもないが、その後の中国の物語幻想にあらわれる仙界のトポスは、ほとんど山一辺倒となる。

　こうして時間の夢を山の彼方に結晶させた話が、古くからゴマンとあるのに対して、海の彼方の島への宝探し、つまり「宝島」物語は、ずっと時代が下った十七世紀の明《みん》末になって、ようやくあらわれる。明末「宝島」物語の代表的作品としてあげられるのは、馮夢龍《ふうぼうりゅう》（一五七四〜一六四六）が編纂した三部の短篇小説集「三言《さんげん》」に収められた「宋《そう》小官、破氈笠《やぶれがさ》にて団円すること」（『警世通《けいせいつう》言《げん》』第二十二巻。『今古奇観《きんこきかん》』第十四巻）と、凌濛初《りょうもうしょ》（一五八〇〜一六四四）が編纂した二部の短篇小説集「二拍《にはく》（両拍）」に収められた「転運漢《てんうんかん》、巧《うま》く洞庭紅《どうていこう》に遇《あ》うこと」（『初刻拍案驚奇《しょこくはくあんきょうき》』第一巻。『今古奇観』第九巻）である。

「宋小官」の物語は、おちぶれた貴公子宋金《そうきん》を主人公として展開される。宋金は苦境に陥ったとき、亡父の友人で手広く海運業を営む劉有才《りゅうゆうさい》に拾われる。身を粉にして働き、勤勉ぶりを見込まれて、劉有才の娘宜春《ぎしゅん》と結婚、夫婦仲もいたって睦まじかったが、不運にも重病にかかってしまう。すっかり嫌気がさした義父の劉有才は宜春に内緒で、貿易船で航海中、とある島に病み衰えた宋金を置き去りにした。夫がいないことに気が付いた宜春は悲嘆にくれたが、後の祭りだった。

　無人島に置き去りにされた宋金は、神秘な力に助けられて健康を回復、食を求めてさまようち、とんでもない拾い物をする。盗賊がかくした宝の箱を発見したのだ。金銀財宝のザクザク入った宝箱は、なんと八箱もあった。たまたま接岸した大きな船に助けられ、首尾よく宝箱を運び出した宋金は、これを元手に商売を始めて大成功し、やがて妻の宜春と再会を果たす。かくて過去のいきさつを水に流し、義父母をも引き取り、宋金夫婦は満ち足りた日々を送ったのだった。

この「宋小官」の物語は、「破鏡団円（別れ別れになった夫婦が、苦難の末に再会する）」をメイン

「宋小官、破氈笠にて団円すること」
（『警世通言』第22巻）

テーマとする。これに無人島にかくされた宝物発見のお伽話が絡み、結末の大団円をいっそう盛り上げる仕掛けである。

『初刻拍案驚奇』所収の「転運漢」の物語になると、宝探し、宝物発見がそのものズバリ、メインテーマとなる。この物語の主人公、文若虚《ぶんじゃくきょ》は何をやってもうまくゆかず、「倒運漢《とううんかん》（芽の出ない男）」というあだ名を付けられる始末だった。何もかも嫌になった彼は、海外貿易を業とする友人の張乗運《ちょうじょううん》に頼んで船に乗せてもらい、航海に出ることにした。

張乗運は親切にも航海に先立ち、知り合いの間を駆けずりまわって、文若虚のために餞別をかき集めてくれた。わずか一両しか集まらなかったけれども、ありがたく受け取った文若虚は、全額はたいて洞庭山でとれる蜜柑「洞庭紅」をしこたま買い込み、船に運び込んだ。「洞庭紅」は最初はすっぱいが、十日ほどたつと熟してとてもおいしい。食費も払えない身ゆえ、せめてお礼のしるしにこれでも同乗者に食べてもらおうと思ったのである。しかし、出しそびれているうち、半月が経過、貿易船は「吉零国《きつれいこく》」なる異国に寄港した。

同乗者全員、運んできた品物を売りに出かけたあと、手持ちぶさたの文若虚は、一度「洞庭紅」を風にあてようと、甲板にずらりと並べた。すると、岸辺にいた人々がみつけて、めずらしそうに集まって来た。そのうちの一人が売ってほしいというので、一個一銭で売ったところ、なにしろ「洞庭紅」はちょうど食べごろ、香りも味も絶佳だったので、これはうまいと、この人はさらに十個買ってくれた。これを見て、見物人は我も我もと買い求め、またたくまに残りわずかになった。そこで値段をつり上げてみたが、それでも買い手がつき、一つ残らず売り切った。

これで、文若虚の懐にざっと一千枚の銀貨がころがり込んだ。というのも、この国の通貨は、一銭も一両（十銭）もすべて同じ重さの銀貨で、表面の模様がちがうだけだったのだ。ちなみに、このとき文若虚が受け取った一銭銀貨は、一枚につき八銭七分の重さがあったという。

文若虚の幸運はこれにとどまらなかった。さらに半月後、嵐を避けて、貿易船はとある無人島に停泊した。同乗者はげっそりして誰も下船しなかったが、文若虚はひとり島見物に出かけた。このとき、彼は、死んだ亀の甲羅をみつけた。ベッドほどもある巨大な甲羅である。文若虚は、話の種にとこれを引きずって来て、同乗者に笑われながら、「私の海外土産です」と後生大事に船室にかつぎ込んだ。

やがて嵐はやみ、航海を再開した貿易船は福建に到着した。ここで、文若虚の大亀の甲羅に目をとめ、どんな高値でも引き取りたいという、奇特なペルシャ人の大商人があらわれ、なんと大枚五万両で買ってくれた。ペルシャ商人の言によれば、この大亀は一万年かけて龍が脱皮したあとの殻《から》であり、肋骨と肋骨の間に、値段も付けられない高値な夜光珠《やこうじゅ》が、いくつも付いているとのこと。一朝にして巨万の富を得た文若虚は、その後、福建に定住して、指折りの大商人になったという。

無人島で無限の富を生む大亀の甲羅を発見、「倒運漢」転じて「転運漢（開運男）」となった、この文若虚の話は、中国の語り物では、「発迹《はっせき》（サクセス・ストーリー）」と呼ばれるパターンに属する。この発迹が宝島の夢と結び付けられているところが、十七世紀、明末の物語ならではの趣向である。

十四世紀末、明の第三代皇帝永楽帝《えいらくてい》の宦官、鄭和《ていわ》（一三七一〜一四三四）は大船団を率い、七度にわたって大航海を行い、三十数か国を歴訪した。これを機に、海の彼方の世界に対する認識が深まったこと。また、商業が極度に発展した明末に、現実的な欲望肯定の気風が広がったこと。こうした時代のエトスが、山の彼方に設定された従来の超越世界とは、歴然とベクトルを異にする黄金郷、宝島の夢ものがたりを生み出したといえよう。

3　分身の夢

洋の東西を問わず、ドッペルゲンガー（分身）は、小説の重要なモチーフの一つである。唐代伝奇（唐代に書かれた短篇小説）の「離魂記《りこんき》」（陳元祐《ちんげんゆう》作）は、とりわけ美しく分身の夢を描いた物語だといえる。

この物語のヒロイン、美少女の張倩娘《ちょうせんじょう》は、従兄《いとこ》の王宙《おうちゅう》と相思相愛の仲だった。衡州《こうしゅう》（湖南省）で役人勤めをしている倩娘の父張鎰《ちょういつ》も、王宙を気に入っていて、当初は二人を結婚させるつもりでいた。ところが、王宙よりずっと条件のいい求婚者があらわれると、コロリと気が変わり、その申し込みを承知してしまう。以来、倩娘はふさぎ込み、王宙のほうは失意のあまり、都に官吏登用試験を受けに行くと口実を設け、船に乗って衡州をあとにする。

しかし、その夜、船が岸辺に停泊したとき、事態は思わぬ方向に展開する。倩娘が裸足で追いかけて来て、「夢のなかでもあなたを思いつづけ、家族を捨てて逃げて来ました」と訴えたのである。二人は手に手をとって駆け落ちし、数か月後ようやく蜀（四川省）に落ち着いた。かくして五年の歳月が流れ、王宙と倩娘の間には二人の息子が生まれたが、倩娘の両親とは音信不通のままだった。

倩娘がしきりに両親に会いたがるので、憐れに思った王宙は、彼女を連れて衡州にもどった。王宙は先に一人で張家に行き、父の張鎰に無断で結婚したことを詫びたところ、張鎰は怪訝《けげん》な顔をして、こういった。「倩娘はここ数年、ずっと病気にかかり部屋で寝たままだ。どうしてそんなデタラメをいうのか」。

「倩娘は船に乗っています」と、王宙が言い張るので、張鎰は使用人をやって確かめさせた。なるほど倩娘は船に乗っており、にこやかに「お父さまはお元気ですか」と、使用人にたずねかけた。仰天した使用人は、さっそくたちもどり、逐一、張鎰に報告した。そのとき、病臥していた倩娘がうれしそうに起き上がり、すーっと表に出たかと思うと、船を下りてこちらに向かって来たもう一人の倩娘と、あっというまに合体した。五年間王宙と暮らし、子供まで生んだ倩娘は、なんと肉体から遊離した彼女の魂だったのだ。

この分身物語「離魂記」には、結婚が親の意志しだいであった時代、しがらみを振り切って、恋人と結ばれたいという少女の切ない遁走の夢が、くっきりと映し出されている。

唐代伝奇以前、たとえば『捜神記《そうしんき》』をはじめとする六朝志怪小説では、死者の魂が遊離する話はゴマンとあるが、現《うつ》し身からの魂の遊離を扱う分身譚はとんと見かけない。『捜神記』などの話では、生身から遊離するものがあるとすれば、それはもっと即物的なモノだ。『捜神記』巻十二に、「落頭民《らくとうみん》」という非常に奇妙な話が収められている。三国時代、呉の朱桓《しゅかん》という人物のもとに、とても変わった召し使いがいた。毎晩、寝たあと、彼女の首が胴体を離れて、どこかへ飛んで行ってしまうのである。耳を翼にして、首はビュンビュンと飛んで行くが、朝になると帰って来て、また胴体にくっつく。彼女は「落頭民（首飛び族）」と呼ばれる種族の一人だったのだ。

この「落頭民」の話は奇想天外、お伽話的なおもしろさは確かにあるけれども、恋に憑かれた少女の魂の浮遊を描く「離魂記」の、分身物語としての完成度の高さに、遠く及ばないのはいうまでもない。

それかあらぬか、「離魂記」は後世の戯曲や小説に大きな影響を与え、そのすこぶる魅力的な分身幻想は手を変え品を変え、さまざまな形で繰り返し取り上げられた。鄭光祖《ていこうそ》の手になる元曲《げんきょく》「倩女離魂《せんじょりこん》」（『元曲選』収）は、その代表的作品にほかならない。

元曲「倩女離魂」は、大筋において唐代伝奇の「離魂記」を踏襲しているが、物語展開は微に入り細をうがって、はるかに委曲を尽くしたものとなっている。ここでは、ヒロインの張倩女と恋人の王文挙《ぶんきょ》は、生まれるまえから、親同士の約束で許婚《いいなずけ》の間柄だったとされる。ただ、倩女の父が亡くなり、王文挙のほうは両親とも亡くなったために、その約束は果たされないまま、時が流れた。

そんな宙ぶらりんの状況のもと、王文挙は科挙受験のため上京するに先立ち、ようすを探りかた

元曲『倩女離魂』（『古雑劇』）

がた衡州の張家を訪れる。倩女の母は王文挙を歓迎、上京の途に着くまで、しばらく張家に滞在するよう勧めるが、結婚の件については素知らぬていを装いつづける。

王文挙を一目見るなり恋に落ちた倩女は、そんな母の態度に心を痛め、王文挙も焦る。旅立つ直前、王文挙が意を決して、倩女の母に結婚の件を持ち出したところ、母はこう答えた。「わが一門では三代つづいて、無位無官の人物と縁組をしたことがありません。あなたが上京され、科挙に合格して、官職につかれてから、縁組を結んでも遅くはないでしょう」。なんとも功利的な母の論理だが、そういわれてしまえば、王文挙としてはどうしようもない。必ず科挙に合格して、迎えに来ると、倩女と固く約束したうえで、彼は旅立って行く。

モンゴル族の元王朝の時代では、科挙はしばしば中止されたけれども、やはり、漢民族の知識人階層が身を立て名をあげるには科挙によるしかなかった。若い二人の恋の障害として設定されるのが、唐代の「離魂記」では別の有力な求婚者であるのに対し、元曲の「倩女離魂」では科挙とされているところに、如実に時代状況が映し出されているといえよう。

あとの展開は、「離魂記」と同様、倩女の現し身から遊離した魂が、王文挙のあとを追う。かくして二人そろって都に到着、王文挙は首尾よく科挙に合格し、その吉報を倩女の母に届けるべく、使者を派遣した。その手紙には、「妻といっしょにまもなくご挨拶にもどります」と記されていた。王文挙にしてみれば、妻とは、いっしょにいる倩女のことを指しているのはいうまでもない。

ところが、この元曲「倩女離魂」では、衡州の自宅で病臥している現し身の倩女のほうは、自分の魂が王文挙とともに生活していることを、まったく自覚していないところから、とんだ騒ぎが巻き起こる。現し身の倩女は、恋しい王文挙が別の妻を娶ったのだと勘違いして、嫉妬に狂うのである。自分で自分に嫉妬するのだから珍妙しごく、このあたりから劇の展開はにわかにコミカルな様相を帯びはじめる。

大詰めは、王文挙が衡州の長官となり、魂のほうの倩女を連れて故郷に錦を飾るシーンである。病床の倩女は、自分とそっくりの分身（魂の倩女）に向かって、「おまえは何のバケモノか。正直に白状しないと、この剣で真二つにするぞ」などと斬りかかる真似までするが、やがて両者は合体、めでたしめでたしの大団円となる。

元曲「倩女離魂」のほうは、こうして観客サービスを盛り込み、遊びの要素をたっぷり含んだ、「涙と笑いの大芝居」と化している。いずれにせよ、これら分身の物語が、現実のしがらみを超えた世界へ飛翔したいという、見果てぬ夢の結晶であることは論をまたない。

4　夢のなかの夢

魏《ぎ》から西晋《せいしん》への王朝交替期、「竹林の七賢」の一人で、琵琶の名手として知られた阮咸《げんかん》に阮瞻《げんせん》という息子がいる。父の血をひいて阮瞻も音楽好きで琴がうまく、また、名利にこだわらない恬淡《てんたん》とした人柄だったので、西晋貴族社会で高い評価を受けた。

当時、貴族のあいだで、観念的な哲学論議「清談《せいだん》」が大流行し、鬼《き》すなわち幽霊が実在するか否かをめぐって、おおいに論議が戦わされた。無鬼論《むき》（幽霊は実在しない）の立場をとる阮瞻は、精密に理論武装して、幽霊の実在を主張する有鬼論《ゆうき》者を片っ端から論破し、向かうところ敵なしであった。

そんなある日、一人の客が阮瞻のもとを訪れ、幽霊のことを話題にした。さっそく阮瞻は滔々と自説を述べたて、有鬼論をふりかざす客をぐうの音も出ないまでにやり込めた。すると、客は顔色を変え、「幽霊は実在しないなどと、聞いたふうなことをいうな。私こそ幽霊だ」といったかと思うと、たちまち異形の者に変身し、あっというまに消え失せた。ショックを受けた阮瞻は、それから一年あまりで死んでしまったという。

この阮瞻の悲喜劇は一見、滑稽だが、実は非常に不気味なものを含んでいる。合理が非合理のドンデン返しを食らい、闇から浮かび上がった非現実的なものが、現実世界にいっきょに侵入してくる。そんな悪夢のような恐怖感覚がここには如実に映し出されている。

後世の怖いもの見たさ、幽霊大好きの人々によって著された筆記小説には、この阮瞻の逸話を下敷きにした作品が数多く存在する。清代中期、「四庫全書」編纂の指揮をとった大学者、紀昀《きいん》あざな暁嵐《ぎょうらん》（一七二四～一八〇五）の手になる筆記小説集『閲微草堂筆記《えつびそうどうひっき》』（第一部『灤陽消夏録《らんようしょうかろく》』）に見える話は、その顕著な一例である。

及孺愛《きゅうじゅあい》と張文甫《ちょうぶんほ》という二人の老学者が、ある夜、月見をしながら歩いているうち、藪の生い茂る荒地に迷い込んでしまった。墓場が近くにあるらしく、今にも幽霊が出そうな雰囲気だ。「ぐずぐずしてはいられない」などと話し合っているところに、杖をついた老人があらわれ、道端にどっかと腰を下ろすや、「この世に幽霊などいるものですか」という。

これをしおに、老人は弁舌さわやかに、幽霊など存在するはずがないと立証してみせた。及孺愛と張文甫はすっかり感心し、恐怖感も嘘のように消えた。と、遠くのほうから、にわかに数輌の車が近づいて来たかと思うと、老人はさっと立ち上がり、「私はあの世で長らく話し相手もなく、退屈しきっておりました。幽霊などいないという議論でもなければ、お二方を引き留めることはできないと思ったもので、どうかお怒りくださいますな」というや、ぱっと消え失せた。

『閲微草堂筆記』に見えるこの話は、人口に膾炙する阮瞻の逸話をひとひねりし、あの世で退屈しきった碩学《せきがく》の幽霊が、理路整然と幽霊の実在を否定してみせるところが、なんともユーモラスだ。ユーモラスな反面、突如、異形をあらわし、阮瞻を震え上がらせた、かの幽霊に比べると、ぐっと恐怖度が落ちるのは否めない事実だけれども。

ともあれ、この二つの幽霊譚は、幽霊の実在を否定した瞬間、当の幽霊が出現するという点で、明らかに共通性がある。これらの話においては、実なる世界の論理が、いきなり立ちあらわれた虚なるものによって、あっけなく突き崩されるのである。

清代に書かれた筆記小説のなかに、とりわけ後者、すなわち『閲微草堂筆記』の幽霊譚ときわめて類似した構造をもつ、夢の話がまま見いだせる。たとえば、紀昀よりやや後輩にあたる沈起鳳《しんきほう》（生没年不詳）が、十九世紀初頭に著した、筆記小説集『諧鐸《かいたく》』に、こんな話が収められている。

曾孝廉《そうこうれん》なる人物が会試（科挙の中央試験）に臨むため、老僕を連れて上京する途中、とある宿に泊まった。暇つぶしに散歩に出かけたところ、美しい建物が目の前にあらわれたので、ついフラフラとなかへ入って行った。すると、意外にも奥から妻が出て来て、呆然とする曾に向かって、「これはあなたが今度お買いになった別荘ではありませんか」という。

どうにも腑に落ちない話だけれど、まずは夫婦仲良く語り合っていると、表がにわかに騒がしくなる。このたびの会試で曾が首席合格したと、めでたい知らせが届いたのだ。さっそく宮中の祝宴に出席した後、別荘にもどった曾は寝所に入ったものの、うれしくてなかなか寝つけない。そのうち、こうして富貴の身になった以上、妻も少し年を取ったから、若くて美しい妓女を侍らせたいものだなどと、妄想がわいて来て、ますます目が冴える。

そのとき、門を叩く音がするので、出てみると、財産家の某であり、交際のしるしに、四人の妓女を贈りたいという。見れば、そこにまばゆいばかりの美貌に輝く四人の妓女が居並んでいるではないか。天にも昇る心地になった曾は、さっそく彼女たちを寝所に招じ入れ、どうして時を過ごそうかと楽しく思い迷っている最中、ふいに大声で妻の呼ぶ声がした。はっと我にかえり、あたりを見まわせば、妓女は影もかたちもない。夢だったのだ。

せっかく楽しい夢をみていたのにと、妻に食ってかかると、妻は「薄情者。出世したと思ってのぼせ上がり、ともに苦労をした私に、そんな偉そうな態度をとっていいものか」などと罵りかえす。いやはやとんだ大騒動になり、むかっ腹を立てた曾が大声を張り上げて、妻を怒鳴りつけた瞬間、耳もとで笑いながら、「旦那さま、夢をみて、うなされておいでか」という声がする。頭をもたげると、あかりの下で老僕が貧乏くさく襟もとに付いた虱《しらみ》をとっている姿が、目にうつった。しばらくボーッとしていた曾は、やがて老僕の呆れ顔を尻目に、大声で笑いだした。

会試首席合格の栄冠を手にする夢をみた曾孝廉は、その夢のなかでまた美女を獲得する夢をみる。この話のおもしろさは、夢のなかでまた夢をみるという、凝った趣向の二重構造になっているところにある。貧乏書生曾孝廉のこの二重の夢は、むろん彼の心の奥底にひそむ願望の具現にほかならない。

こうして願望充足の夢も二段階なら、覚醒も二段階だ。まず妻の声で一場の春夢から覚め、ついで夫婦喧嘩の大騒ぎで、めでたい出世の夢からも覚めてしまう。春夢から覚めて現実にかえったと思いきや、その現実もまた夢だったという、この夢ものがたりの構造が、幽霊の実在を否定した当人が実は幽霊だったとする、先の『閲微草堂筆記』の幽霊譚と相似形をなしていることは、明らかであろう。

いま自分はもしかしたら夢を生きているのかも知れない。いま自分が向かい合っている相手は、実は人間ではないのかも知れない。現実と非現実の境界の消失を描くこうした物語群が、清代も後期にさしかかるころ大挙して生まれたことは、やがて中国世界が深いところから揺らぎはじめる予兆のようにも思われるのである。

5 恋の夢

明代きっての戯曲家、湯顕祖《とうけんそ》（一五五〇～一六一六）の代表作としてあげられるのは、『紫釵記《しさき》』『牡丹亭還魂記《ぼたんていかんこんき》』『南柯記《なんかき》』『邯鄲記《かんたんき》』の四篇である。これらは、いずれも夢を素材としており、「玉茗堂四夢《ぎょくめいどうしむ》」と総称される。このうち、『牡丹亭還魂記』こそ、構想の斬新さ、戯曲としての完成度の高さ等々において、ずば抜けた作品にほかならない。

『牡丹亭』の主人公、貧乏書生の柳夢梅《りゅうむばい》はある日、夢をみた。花園の梅樹の下に美少女があらわれ、柳夢梅と結婚する運命にあると告げる夢だった。以来、柳夢梅は寝ても覚めても、彼女を思いつづける。

かたや、南安《なんあん》太守杜宝《とほう》の令嬢、杜麗娘《とれいじょう》は、ある日、侍女の春香《しゅんこう》に伴われて花園に遊び、部屋にもどったあと、ついウトウトとまどろむ。そのとき、彼女は一人の凜々《りり》しい書生とめぐり合い、牡丹の花に囲まれた亭で結ばれる夢をみる。この日を境に、麗娘は恋患いにかかって日ましに衰弱し、とうとうこの世を去ってしまう。今わの際に、彼女は母に、自分の亡骸《なきがら》を梅樹の下に葬ってほしいと頼み、また侍女の春香に、肖像画を花園の太湖石《たいこせき》の下に入れておくよう言い残す。彼女の死後まもなく、父の杜宝は転任することになった。そこで麗娘を埋葬して、「梅花庵観《ばいかあんかん》」なる寺院を建て、老儒者の陳最良《ちんさいりょう》に菩提《ぼだい》を弔ってほしいと依頼して、任地に向かう。

かくして三年、柳夢梅は科挙の受験資格を得て上京する途中、病気にかかり、梅花庵観に身を寄せることになる。このとき、彼は太湖石の下の麗娘の肖像画を発見、その美しさにすっかり魅了される。そこに、この世に思いを残した麗娘の幽霊が登場、一部始終を知った柳夢梅が墓を掘って柩《ひつぎ》を開けたところ、たちまち亡骸に魂が入り、麗娘は生き返ったのだった。

その後、杜麗娘の父の反対などの障害はあったものの、柳夢梅はみごと科挙合格の金的を射止め、再生した麗娘とめでたく結ばれて、『牡丹亭』は大団円のうちに幕を下ろす。

先に「分身の夢」の項で取り上げた元曲「倩女離魂《せんじょりこん》」（鄭光祖作）も、恋する少女の肉体から遊離した魂の遍歴を描いた作品であり、この『牡丹亭』と、確かに共通する要素がある。しかし、夢のなかで出会った恋人同士が、死と再生の試練をくぐり抜けて結ばれる『牡丹亭』の展開は、まことに複雑微妙にして奇想天外、他に類を見ない。とりわけ、ヒロインの杜麗娘の思い込んだら命がけ、柩のなかで復活を待ちつづける姿は、現実のしがらみに抗して、幻想に生きる女の強さをまざ

『牡丹亭還魂記』より。「驚夢（夢に驚く）」の場面（『玉茗堂四夢』）

まざと体現している。

ちなみに、『牡丹亭』の作者湯顕祖は、科挙に合格し官僚になったものの、持ち前の反骨精神が災いして不遇つづき、すっかり嫌気がさして官界を去った人物である。彼はまた、硬直化した儒教イデオロギーを否定し、欲望の論理にもとづく個人の自由な生き方を主張した、明末の王学左派(王陽明の思想を尖鋭化した思想家グループ)のリーダー李卓吾《りたくご》(一五二七〜一六〇二)に共鳴し、影響を受けたとされる。『牡丹亭』のけなげなヒロイン杜麗娘のイメージは、そんな湯顕祖の否定のパトスを、あたうるかぎり美しく形象化したものといえよう。

湯顕祖よりやや後の世代に属する明末の戯曲家、粲花《さんか》主人すなわち呉炳《ごへい》(?〜一六五〇)が著した、戯曲『画中人《がちゅうじん》』は、まぎれもなく『牡丹亭』の影響を受けた作品である。『画中人』の主人公、庾啓《ゆけい》は教養豊かな貴公子だが、立身出世ものかは、ひたすら理想の美女とめぐり合うことを切望していた。しかし、意にかなう相手はなかなかみつからない。業を煮やした庾啓は絵筆をとって苦心惨憺、ついに理想の美女を描き上げた。狂喜した庾啓は、画中の美女に向かって、さかんに「いとしい人よ」などと呼びかけたけれども、当然のことながら、まったく反応がない。

そんなおり、親類の遊び人の胡図《こと》がやって来て、神秘な術を使うと評判の華陽真人《かようしんじん》に会いに行こうと誘う。胡図ともども華陽真人を訪れた庾啓は、そこで驚くべきものを見た。なんと華陽真人は、からっぽの籠《かご》のなかから、次々に酒さかなを取り出して二人にふるまい、さらに、美女を描いた画を取り出すや、「瓊枝《けいし》、瓊枝《けいし》」と呼びかけたのである。すると声に応じて、なんと美女が画から抜け出して来たではないか。身につまされた庾啓は、胡図を帰したあと、どうすれば、そんなふうに画中の美女を呼び出すことができるか教えてほしいと、華陽真人に頼む。真人がいうには、思いを込めて呼びかけさえすれば、きっと彼女は出現するだろう、と。

余談ながら、からっぽの籠のなかから、山海の珍味やら美女やらが続々と飛び出すというこの発想は、明らかに六朝時代、梁《りょう》の呉均《ごきん》（四六九〜五二〇）が著した志怪小説「陽羨鵝籠《ようせんがろう》」を下敷きにしたものである。のみならず、画中の美女を呼び出すという『画中人』の基本構想じたい、「陽羨鵝籠」からヒントを得たものであることは、まずまちがいない。

それはさておき、帰宅した庾啓は、華陽真人を真似て、画中の美女を瓊枝と名付け、必死になって「瓊枝、瓊枝」と呼びかけた。すると、あら不思議、画中の美女の眉や目がかすかに動いたかと思うと、忽然と画から抜け出し、婉然と庾啓の前に立った。これを機に、庾啓が呼ぶたび瓊枝は画から抜け出し、いっしょに詩を作るなど、夢かうつつか、二人はしばし楽しい日々を過ごした。

かたや、州の長官鄭志玄《ていしげん》の娘瓊枝は、任期満了にともない父が上京したあと、母と二人で暮らしていた。この瓊枝が原因不明の重病にかかり、看病する侍女の彩雲《さいうん》に、ひっきりなしに自分を呼ぶ声がするから、もう行かねばならないと告げるや、人事不省に陥ってしまう。この瞬間、彼女の魂は肉体を離れ、庾啓が描いた画中の美女瓊枝に乗り移ったのだ。

この後、例の遊び人胡図が策略を設けて画を奪い取り、庾啓の声色を使って瓊枝を呼び出したところ、驚いた瓊枝がたちまち妖怪に変化するといった、ドタバタ騒ぎを織り込みつつ、『画中人』は終局の大団円へと向かう。

すなわち、現《うつ》し身の瓊枝はついに息絶え、その柩は再生寺という尼寺に安置される。やがて科挙受験のため上京する途中の庾啓がたまたまこの寺に立ち寄り、瓊枝の幽霊と再会、柩を破って彼女を再生させ、めでたしめでたしの終幕となる。このあたりの展開は、ほとんど『牡丹亭』そのままといってよい。

『画中人』のユニークな点は、なんといっても庾啓と画美人瓊枝のシュールな恋が、曲折を経て現実化するところにある。付言すれば、『画中人』の作者呉炳は明末、科挙に合格して官界に入ったものの、一六四四年、明は滅亡してしまう。その後、満州族の清の支配に抗して江南に樹立された南明《なんみん》政権の一つ、桂《けい》王（永暦帝）の桂林《けいりん》・広東《カントン》政権（一六四六〜一六五〇）に参加、重要なメンバーとなるが、一六五〇年、清軍の攻撃を受け殺害された。

反骨を貫いた湯顕祖、あくまで清に屈従することを拒否した気骨の人呉炳。ひたむきな恋の夢を描いたこの二人の戯曲家が、それぞれやむにやまれぬ現実否定のパトスの持ち主だったことは、まことに暗示的だと思われる。

6 邯鄲の夢

中国の仙界訪問譚には、俗世界の住民が洞窟や深い穴をくぐり抜けて、仙界に到達するというものが多い。東晋の葛洪《かっこう》（二八三〜三四三）が著した仙人の伝記集『神仙伝』に見える、「壺中天《こちゅうてん》」の話も、こうした仙界訪問譚のヴァリエーションの一つに数えられよう。

薬売りの壺公《ここう》は不思議な人物だった。商いをする場所の軒先に小さな壺をかけておき、夜になるとその中に跳び込むのだ。これを知った町役人の費長房《ひちょうぼう》は、壺公に献身的に尽くし、とうとう壺の中に入ることを許された。その壺の中には、なんとりっぱな建物がそびえたつ仙界が広がっていた。

小さな壺の中に広がる仙界を想起する、この「壺中天」のモチーフは、その後、夢ものがたりに転用される。東晋につづく劉宋《りゅうそう》の時代、劉義慶《りゅうぎけい》（四〇三〜四四四）が編纂した志怪小説集『幽明《ゆうめい》録《ろく》』の佚文、「楊林《ようりん》」(『太平広記』巻二八三収)の話は、その早い例である。

単父《ぜんほ》県(山東省)の商人、楊林は焦湖廟《しょうこびょう》に参拝に行った。廟巫《びょうふ》(神主)に「良縁を望むのか」と聞かれ、そうだと答えたところ、廟に置いてある枕(陶枕《とうちん》)の側に連れて行かれた。と、楊林は枕の表面に刻まれた裂け目から、たちまち中へ吸い込まれた。そこには趙《ちょう》太尉なる人物の豪邸が建っており、楊林は彼の娘婿に選ばれ、数十年の間、栄耀栄華を尽くす。やがて、はたと我にかえれば、自分はもとどおり焦湖廟の枕の側にいる。かくして、栄華もつかのまの夢と、楊林は慨嘆してやまなかった。

『神仙伝』に収める「壺中天」の話では、費長房は小さな壺の口から壺中の仙界に到達し、かたや『幽明録』に見える「楊林」の話では、主人公楊林は枕の裂け目から夢の世界に到達する。いずれも現実世界との境界に位置する装置(壺の口と枕の裂け目)を通過し、異界に到達した点では、両者には明らかに共通性がある。しかし、彼らが訪れた異界じたいは、およそ似て非なるものであった。なぜなら、費長房の見た壺中天は、人間の欲望原理を超越した聖なる世界であり、楊林の遍歴した枕中の夢の世界は、富や栄達を求める人間の欲望原理を充足させる世界だったのだから。

この意味で、異界の夢をテーマとする二つの唐代伝奇小説「南柯太守伝《なんかたいしゅでん》」(李公佐《りこうさ》作)および「枕中記《ちんちゅうき》」(沈既済《しんきせい》作)は、明らかに欲望充足をめざす「楊林」の系統を受け継いだ物語だといえよう。

「南柯太守伝」の物語は、あらまし以下のように展開される。淳于棼《じゅんうふん》なる人物の住む家の南に、大きな槐《えんじゅ》の木があった。あるとき、この木の下で友人たちと酒宴を開き、深酒をした淳于棼は友人に送られ、ようよう家にたどりつくや、そのまま夢見心地になった。すると、王の使者があらわれ、彼を車に乗せると、庭の槐の木に開いた穴の中へ入って行った。穴はみるみる大きく広がり、そこに槐安国《かいあんこく》という国が出現する。淳于棼は王女の婿となり、得意の絶頂に達したものの、やがて挫折、失意のどん底に落ちる。その後、復活しふたたび勢力を強めたが、けっきょく王に疎まれ、故郷に強制送還されることになる。槐安国で運命の転換に翻弄されること三十年、もと来た道をたどって穴から外に出た瞬間、淳于棼ははたと目が覚める。

見れば、酔った彼を介抱してくれた友人も、まだ側にいる。夢のなかでは三十年も経過したのに、現実ではほんのわずかの時間しかたっていなかったのだ。不思議に思った淳于棼が槐の木を切り倒し、穴の先をたどってみると、大きな蟻の巣があり、その様相はかの槐安国とそっくりだった。なんと、淳于棼は蟻の王国で暮らしていたのである。

一瞬の夢のうちに、有為転変、栄枯盛衰をつぶさに味わい尽くした淳于棼は、人の世の無常を骨身に徹して思い知り、以後、道教に没頭、酒色への欲望をいっさい断つに至る。

「邯鄲《かんたん》の夢」の成語のもとになった「枕中記」の物語展開も、この「南柯太守伝」と同工異曲だ。もっとも、枕の穴から夢の世界に入るという構想じたいは、先述の「楊林」の話にいっそう近いけれども。

「枕中記」の主人公、貧乏書生の盧生《ろせい》は、邯鄲の茶店で出会った仙人の呂翁《りょおう》から青磁《せいじ》の枕を借り、深い眠りに落ちた。すると、枕の両端に開いていた穴がみるみる大きくなり、盧生はたちまちその中に吸い込まれていった。この枕の中の世界で、盧生は宰相の位にのぼるなど、栄耀栄華を尽くすこと五十年余り、八十余歳で大往生を遂げた。だが、ふと目が覚めてみれば、依然として自分は邯鄲の茶店におり、眠り込む前に茶店の主人が炊きはじめたキビ飯もまだ炊き上がっていない。枕の中の夢の世界では五十年以上もの歳月が経過したのに、現実ではやはりほんの少しの時間しかたっていなかったのだ。これによって、盧生が、欲望原理に憑かれて生きることの空しさを悟ったとする結末は、先の「南柯太守伝」の淳于棼のケースと寸分たがわない。

六朝志怪小説の「楊林」から、唐代伝奇の「南柯太守伝」「枕中記」へと受け継がれて来たこのパターン、すなわち主人公が夢のなかで願望充足のミニチュア世界を遍歴した結果、欲望原理を追求することの空しさを悟るという物語構想は、以後、繰り返し小説や戯曲で取り上げられた。そのなかで、とりわけ注目に値するのは、明代の代表的戯曲家、湯顕祖《とうけんそ》（一五五〇〜一六一六）の作品である。

湯顕祖は「南柯太守伝」を敷延した『南柯記』と「枕中記」を下敷きにした『邯鄲記』の、二本の大戯曲を著しているが、ことに後者『邯鄲記』は珍無類、まことにおもしろい。

『南柯記』より。栄華を夢みる主人公

『邯鄲記』は幕開けから大騒動の連続で、主人公の盧生は枕の中の世界に入ったとたん、コソ泥まがいに塀を乗り越えて、さるご大家に忍び込み、その家の令嬢にみつかってしまう。盧生に一目惚れしたこの令嬢は、「示談にするか、それとも裁判にするか」と迫ったあげく、「示談にしてほしい」と懇願する盧生を、ちゃっかり自分の婿にしてしまう。

以後、彼女は金の力に物を言わせ、どうしても科挙に合格できない盧生を、状元《じょうげん》(科挙首席合格者)に仕立てあげ、官界にデビューさせることに成功する。盧生は官界のボスに嫌がらせをされ、次々に困難な局面に直面させられるが、最終的にすべてこれをクリア、皇帝に信任されて高位高官を極める。だが、表面的な君子ぶりとはうらはらに、いたって享楽的な盧生は、皇帝から下賜された二十四人（！）の妓女に耽溺、精魂尽き果て、落命のやむなきに至る。時に八十余歳。

このなんとも騒々しくもはなばなしい欲望充足の夢から、はたと目覚めた盧生は諸行無常を痛感、枕を貸してくれた仙人の呂道賓《りょどうひん》に弟子入りして、仙界へ去って行くというところで、湯顕祖の『邯鄲記』は幕となる。

総じて、『邯鄲記』で展開される枕の中の夢の世界は俗臭芬々、現実社会の縮図ともいうべき様相を呈している。六朝から唐を経て語り継がれた「邯鄲の夢」も、明末の戯曲家湯顕祖に至るや、現実の側から激しく浸蝕され、ほとんど「悪夢」と化したというべきであろう。

7 交換の夢

古今東西を問わず、変身の夢を描いた物語は、それこそ枚挙に暇がないほど存在する。しかし、元曲や古典小説にしばしば見られるような、身体器官の一部を別人と交換したり、果ては、肉体そのものをまるごと交換するといった筋立ては、欧米や日本の物語では、ついぞ見かけたことがない。

いたって中国的ともいうべき、この「交換の夢」は、はやくも先秦時代の道家的思想家列子《れっし》の著と伝えられる『列子』（湯問篇《とうもん》）の寓話に出現する。

魯《ろ》の公扈《こうこ》と趙《ちょう》の斉嬰《せいえい》の二人は同時に病気にかかり、連れ立って名医の扁鵲《へんじゃく》のところに行き、治療してもらった。幸い両者とも回復したけれども、扁鵲は彼らには先天的な病根があるため、このままでは完治は望めないとし、次のように診断を下した。「公扈は志す力が強いが実行する気力が弱い。だから計画性は十分だが決断力に欠ける。斉嬰は逆に志す力は弱いが気力は強い。だから思慮に欠け独断専行してしまう。君たち二人の心を交換したならば、ちょうどいい具合になるだろう」。

かくして扁鵲は二人に毒酒を飲ませて、仮死状態にしたうえで、彼らの心臓を取り出し、それを交換しておのおの位置におさめた。手術後、霊薬を飲ませると、二人はまたたくまに正気にかえり、めいめい家に帰って行った。このとき、公扈は斉嬰の家に帰り、斉嬰の妻をわがものにしようとしたが、妻のほうではまったく彼に見覚えがない。公扈の家に行った斉嬰の場合も同じことだった。そこで両家では訴訟を起こし、釈明を求めた。このとき、扁鵲が一部始終を説明したので、両家とも納得、ようやく一件落着となった。

この話のポイントは、いうまでもなく名医扁鵲の神技を描くことにある。それにしても、心という抽象的なものと、肉体的な器官たる心臓をあっさり同一視し、交互に心臓を移植して、二人の人間を肉体的に入れ替えるというのだから、これはまた、なんとも徹底した即物的リアリズムというほかない。

この極端な即物的リアリズムに裏打ちされた、滑稽感あふれる肉体交換のモチーフは、奇抜さを求める後世の戯曲や小説に大いに好まれ、元曲「鉄拐李《てっかいり》」（岳伯川《がくはくせん》作）のような、珍無類の傑作を生んだ。

鄭州《ていしゅう》（河南省）の奉行所につとめる地方役人の岳寿《がくじゅ》は、巧みに不正行為をはたらき、しこたま財産をためこんでいた。ところが、ある日、部下の張千《ちょうせん》を使い、乞食道士を装った仙人の呂洞賓《りょどうひん》を痛めつけている現場を、新任長官の韓魏《かんぎ》公にみつけられてしまう。

意気消沈した岳寿は以来どっと病の床に伏し、自分の死後、糟糠の妻の美しい李夫人が再婚するのではないかと気をもみながら、哀れ息絶えてしまった。あの世へ行った岳寿は閻魔大王の前に引き出され、生前に積み重ねた悪行の報いで、釜ゆでの刑に処せられそうになる。そこへ現れたのが、かの仙人呂洞賓。実は、岳寿には仙骨（仙人になる素質）があり、呂洞賓はこれを先刻承知だったというわけ。

かくして呂洞賓の口添えにより、岳寿は釜ゆでの刑を免れ、再生する運びとなる。ところが、ここに一つ難問がひかえていた。岳寿の死体はすでに火葬に付されていたため、再生しようにも宿るべき肉体がなかったのである。そこで窮余の一策として、他人の死体を借りて再生する方法がとられ、死んでまもない小李屠《しょうりと》なる足のわるい醜男の死体に宿って、ようやく再生することができた。

再生した岳寿は、李夫人がどうしているか気になってたまらず、小李屠の妻と父を騙して、さっそく彼女に会いに出かけた。しかし、なにぶん小李屠の身体を借りているため、最初、李夫人は気味わるがって相手にしない。ようやく彼女が事のなりゆきを飲み込んだころ、あたふたと小李屠の妻と父があらわれ、李夫人が「この人は私の夫です」といえば、小李屠の妻が「なにさ、この人は私の亭主だよ」と言い返すなど、夫を奪い合って譲らない。

このドタバタ喜劇は、最後に呂洞賓が登場、現世の空しさを悟り、李夫人と一人息子に別れを告げた岳寿（姿かたちは小李屠）を連れて、昇天するところで、めでたく幕となる。

この「鉄拐李」における奇想天外の肉体交換を核とする喜劇的展開は、直接的影響関係はさておき、かの『列子』の心臓移植の話と基本的に同工異曲であり、これをさらにおもしろおかしく粉飾したものといえる。

『列子』の寓話から元曲「鉄拐李」に至るまで、「肉体交換」のモチーフに共通するのは、フランスの大中国学者マスペロにならっていえば、肉体は霊魂の住処《すみか》にほかならず、肉体を離れては、いかなる霊魂も存在しえないとする、きわめて道教的な思考方式である。道理で、仙人志願者はひたすら自らの肉体の不死化をめざし、死者は再生のための代替肉体を探し求めるわけだ。だとすれば、中国独自のユニークな宗教、道教に根ざす、こうした肉体交換の夢ものがたりが、欧米や日本に見当たらないのも、むしろ当然であろう。

それはさておき、肉体交換の夢ものがたりの系譜は、その後も長く受け継がれ、十七世紀後半の清初、蒲松齢《ほしょうれい》が著した怪異短篇小説集『聊斎志異《りょうさいしい》』にも、交換の夢を重ねた作品が見える。「陸判《りくはん》」（巻二）と題するこの作品は、あらまし以下のように展開される。

陵陽《りょうよう》（安徽省）の朱爾丹《しゅじたん》は豪放な性格だったが、いかんせん、頭のはたらきが鈍くて、どうしても科挙に合格できない。ところが、十王殿という廟《びょう》に置かれていた木彫りの判官像と友だちになったことから、朱爾丹の運が開けはじめた。陸という名のその判官像は、ヒゲだらけの獰猛な面構えだったが、ふとしたことから、朱爾丹をいたく気に入り、酒を飲みに来るようになった。朱爾丹のほうでもいつも歓待したため、恩にきた陸判官は、ある日、冥界の死者のなかから、とびきり優秀な者の心（心臓）を抜き出して来て、朱が眠っている隙に開腹手術をし、彼の心（心臓）と交換してやった。これを境に、朱は急に頭がよくなり、郷試（科挙の地方試験）に難なく首席合格したのだった。

そうなると、朱に欲が出て来て、妻がもっと美人であればよいなどと思い、なんとかならないものかと陸判官に頼み込んだ。気のいい判官は「よしきた」と即座に引き受け、絶命したての美少女の首を持って来て、朱の妻の首とすげかえてやった。これが露見して大騒動になったが、それもまずは落着、会試（中央試験）にこそ合格できなかったものの、朱は合成美人の妻と楽しく暮らしつづけた。やがて寿命が尽き、妻子のもとを去った朱は、陸判官の推薦で冥界の高級官僚になった。

同じく交換とはいえ、なぜ男の朱が心（心臓）で、女の夫人は顔なのかなど、ひっかかる点がないでもない。その点については今は深く問わないとしても、ここに描かれる交換の様相は、完全に現世的利益と結び付いたものと化している。『列子』以来の奇想天外な交換の夢も、時の経過とともに、ついに俗化の果てに至ったというべきであろう。

8　龍宮の夢

中国の詩や小説に、「龍宮」のモチーフが明確にあらわれるようになるのは、唐代伝奇以降である。もっとも、龍宮の支配者である龍王の祖型ともいうべき水神「河伯《かはく》」は、すでに『楚辞《そじ》』「九歌」に登場する。ちなみに「九歌」「河伯」の章で、河伯の住む水底の宮殿は、こう歌われている。

魚鱗の屋根に　龍の堂
紫貝の門に　朱の御殿
霊（河伯）はなぜ水中に住むのか

この河伯の宮殿のイメージには、明らかに後世の龍宮と通じるものが認められる。しかし、現し身の人間がひょんなことから龍宮を訪れる顛末を描く、後世の龍宮説話の基本構想は、ここではまだ形を成していない。

こうした基本構想をもつ龍宮訪問譚が出現するのは、先述のようにずっと時代が下り、唐代に入ってからである。唐の張説《ちょうえつ》あるいは梁載言《りょうさいげん》が編纂したと伝えられる、『梁四公記《りょうしこうき》』に収められた「震沢洞《しんたくどう》」（『太平広記』巻四一八収）は、そうした龍宮訪問譚のごく早い例に数えられる。

震沢湖《しんたくこ》（江蘇省）のなかにそびえる洞庭山には深い洞窟があり、水底の龍宮に通じている。梁の武帝はここに迷い込んで生還した者の話を聞き、なんとか龍王の七番目の娘（龍女）が保管している宝珠を手に入れたいと願った。そこで、使者に龍女の好物である燕の焼き物五百枚を持たせ、洞窟の彼方の龍宮へと送り込む。ちなみに、使者の体には、龍宮の門番の小蛟《しょうこう》（蛟は四本足の龍）が忌避する蠟をたっぷり塗り付けておいた。このかいあって、首尾よく龍宮にたどりついた使者は、龍女との会見に成功、燕の焼き物を得て上機嫌の龍女から、大小とりまぜ十一個の宝珠を贈られ、武帝のもとに帰還したのだった。

この「震沢洞」の話は唐代の説話集に見えるとはいえ、アルカイックな語り口から見て、六朝時代から伝承されて来たものであろう。これに対し、唐代伝奇小説の代表作の一つに数えられる「柳毅《りゅうき》」（李朝威作。『太平広記』巻四一九収）になると、龍宮訪問譚としての完成度はにわかに高まる。

長安で実施された科挙に落第した柳毅は、故郷の湖南に帰る途中、友人の住む涇陽《けいよう》（陝西省）に立ち寄ったさい、涇川《けいせん》のほとりで羊を飼う悲しげな美女に出会った。聞けば、彼女は洞庭湖の龍王の末娘であり、涇川の龍王の次男に嫁いだものの、夫はどうしようもない放蕩者で、辛い毎日を送っているとのこと。

彼女から父の龍王に渡してほしいと手紙をことづかった柳毅は、帰郷後、洞庭湖に行き、教えられた合図をしたところ、波間から武者があらわれ、たちまち水底の龍宮に導かれた。金殿玉楼がそびえる華麗な龍宮城で、龍王と会見した柳毅は手紙を差し出し、彼女の窮状を伝えた。その話を漏れ聞いて、短気な龍王の弟（銭塘江《せんとうこう》の水神）は逆上し、たちまち赤龍に変身、凄まじい雷鳴とともに、涇川に飛んで行き、龍王の娘を連れもどして来た。赤龍と化した龍王の弟の襲来により、涇陽一帯が水害に見舞われたことは、いうまでもない。

かたや龍宮では、龍王の末娘の恩人柳毅に感謝して盛大な宴が開かれた。その席上、龍王の弟から、自由の身になった姪（龍王の末娘）と結婚してほしいと頼まれたが、そんなつもりで助けたのではないと、柳毅は潔癖に拒否し、宴が果てたのち、暇を告げる。

龍王から贈られた数々の珍宝をたずさえ、地上にもどった柳毅は大富豪となるが、結婚運がわるく、二度結婚し二度とも妻に死なれてしまう。三度目の結婚相手は、なんと龍王の娘にそっくりで、夫婦仲も睦まじく、一年ほどして子供ができた。そのとき初めて妻は、実は自分は龍王の娘だと打ち明けたのだった。この結婚によって龍王の一族となり、不老長生、水中も地上も自在に往来できる超越的な存在となった柳毅は、数十年後、妻とともにいずこへともなく忽然と姿をくらました。

この「柳毅」の起伏に富んだ物語展開は、先にあげた「震沢洞」とは比べものにならないほど、興趣にあふれている。しかし、人間世界に生きる者が龍宮の主に対し、物質的もしくは行為的に寄与した返礼として、法外な宝物を受け取り、地上に回帰するというコンセプトは、両者に共通する。このコンセプトはその後、手を変え品を変え作られつづけた龍宮訪問譚においても基本的に変わらない。

たとえば、ずっと時代が下り、十七世紀初めの明末、馮夢龍《ふうぼうりゅう》によって編纂された三部の白話短篇小説集「三言」の第一部、『古今小説』に見える龍宮訪問譚「李公子、蛇を救いて称心《チェンシン》を獲《え》ること」（第三十四巻）の物語展開も、明らかにこの路線を踏襲したものである。

陳州（河南省）に住む李元という若者が、父の任地の杭州《こうしゅう》を訪ねる途中、呉江（江蘇省）で子供にいじめられている小さな赤い蛇を助けた。父と会ったのち帰途に着き、ふたたび呉江まで来たとき、一人の青年が出現、李元を美しい舟に乗せて、青年の父の住む屋敷へと導く。着いてみると、そこには壮麗な館が立ち並び、「玉華の宮」という額がかかっている。ここは龍宮であり、以前、李元が助けた小さな蛇は龍王の下の息子だったのだ（案内の青年は小蛇の兄）。龍王は息子の命の恩人だと李元をもてなし、山海の珍味、絶世の美女を並べて盛大な宴を催してくれ、李元はうっとり酔いしれるばかりだった。

翌朝、我にかえった李元が暇を告げると、龍王は何か望みはないかと聞く。「ただ称心《チエンシン》が得られればそれで十分です」と答えたところ、龍王は、「ならば娘の称心《チエンシン》を差し上げますが、三年たったらお返し願いたい」といい、美しい娘の称心を李元に引き合わせた。実は、李元のいう「称心」は「心に称《かな》うこと」、つまりは科挙に合格することだった。それがたまたま娘の名前と一致したために、龍王が早合点したのだ。慌てて事情を説明したが、龍王は娘を連れて行けといってきかない。

「李公子、蛇を救いて称心を獲ること」
（『古今小説』第34巻）

かくて美しい花嫁の称心を連れ、陳州にもどってまもなく、科挙の試験の日が近づく。称心はこのとき超能力を発揮、李元を合格に導いた。彼女は三日にわたる試験期間中、前の晩になるたび、風のように試験場に忍び込んでは試験問題を盗み出し、前もって李元に答案を作成させたのである。李元が望みどおり役人となり、三年が経過した時点で、称心は龍王との約束どおり、龍宮に帰って行った。

この「李公子」の物語は、明らかに唐代伝奇の「柳毅」の話を下敷きにしたものである。ただ、龍王の娘と添い遂げ、ともども龍王一族として不滅の生を獲得した柳毅に比べれば、龍王の娘の援助で科挙に合格して満足し、あっさり彼女との別離を受け入れた李公子の生き方のほうは、明らかに露骨な現世利益追求の姿勢によって貫かれている。

時代の経過とともに、こうして中国の龍宮訪問譚は、龍宮の神々にひょんなことから恩を売った人間が、その見返りとして現世的な利益を受ける度合いを、ますます強めてゆく。いずれにせよ、中国の浦島太郎はあくまで醒めており、開けてびっくり玉手箱、龍宮城で味わった快楽の夢に報復され、呆然自失となるような可愛げの持ち合わせはないのである。

9　転生の夢

中国古典小説には、東晋の干宝《かんぽう》の手になる志怪小説集『捜神記《そうしんき》』以来、死者の亡霊が冥界からこの世に迷い出て、現し身の人間と関わる類いの話が、それこそ枚挙に暇のないほど見える。こうして長い時間にわたり、語り伝えられ書きつがれて、多種多様の展開を見せる幽霊譚に比して、死者が生まれ変わる話、すなわち転生《てんせい》譚のほうは、そんなに多くはない。

数の上では、幽霊譚の足元にも及ばないものの、実は、転生譚のなかにも奇想天外な物語幻想にあふれた、なかなかおもしろい作品が存在する。むろん生まれ変わりの夢は、仏教の「輪廻《りんね》転生《てんせい》」思想と切っても切れない関係にある。その意味で、物語世界における転生のテーマ出現は、仏教の中国社会への浸透と軌を一にするといえよう。

というわけで、仏教が広がった唐代に至るや、ごく素朴な形ながら、生まれ変わりの夢を綴った物語が出現するようになる。その一つに、晩唐の会昌《かいしょう》年間（八四一〜八四六）に編纂された『解頤《かいい》録《ろく》』の「劉立《りゅうりつ》」（『太平広記』巻三八八収）があげられる

長葛《ちょうかつ》県（河南省）の尉《い》（警察署長）の劉立は、妻の楊《よう》氏との間に一人娘の美美《メイメイ》をもうけ、夫婦仲はいたって睦まじかった。ところが、ある日、楊氏は急病にかかり、美美を夫に託して死んでしまう。数年後、事情があって、劉立は退職するが、長葛県に居住しつづけ、みるみるうちに十年の歳月が経過する。そんなある日、劉立は知り合いに誘われて、趙《ちょう》長官なる人物の別荘を訪れる途中、今を盛りと咲き誇る杏《あんず》の花園で、十五、六の少女を見かける。少女のほうも劉立に目をとめ、しきりと気にかけているようすだった。

しばらくして趙長官の別荘に到着したところ、ザワザワと人の出入りがはげしく、どうもようすがおかしい。聞けば、趙長官の令嬢が杏園で花見をしている最中、人事不省に陥ったとのこと。そうこうするうちに、主人の趙長官があらわれ、劉立に亡妻の楊氏のことや娘の美美のことを逐一たずね、はては劉立の下僕の名前まであげて、本当にそんな下僕がいるかと確かめた。劉立は趙長官とまったく未知の間柄であり、長官がそんな立ち入ったことまで、知っているはずがない。

驚く劉立に向かって、長官がいうことには、気を失った娘が息を吹き返し、「私は前世で劉立さまの妻でした。たまたま杏の園でお見かけし、恋しさのあまり息がとまってしまったのです」と泣きながら訴えたとのこと。まもなく劉立と楊氏の生まれ変わりの長官令嬢はめでたく結婚したが、

このとき、娘の美美はなんと母より三歳年上であったという。

夫と娘に心を残しながら急逝した「劉立」のヒロイン楊氏は、美少女に生まれ変わり、愛しい夫と娘のもとにすんなり帰った。ここに描かれているのは、前世のペナルティとはまったく無縁な、幸福な転生にほかならない。

ところが、十七世紀初めの明末、馮夢龍《ふうぼうりゅう》が編纂した三部の短篇小説集「三言」の第一部、『古今小説』に見える転生譚「月明《げつめい》和尚、柳翠《りゅうすい》を度《ど》すこと」(第二十九巻。以下「度柳翠」と略す)になると、様相は一変する。

南宋の紹興《しょうこう》年間(一一三一～一一六二)、首都臨安《りんあん》(杭州)の長官に任命された柳宣教《りゅうせんきょう》が着任するや、臨安の主だった人士は、先を争って挨拶に訪れるが、ただ一人、やって来ない人物がいる。高僧の誉れ高い水月寺の玉通禅師《ぎょくつうぜんし》である。聞けば、玉通禅師は修行に励むこと五十二年、いまだかつて寺の外に出たことがないとのこと。それでも腹の虫がおさまらない柳宣教は、なんとか玉通禅師に恥をかかせてやりたいと考えたあげく、とんでもない計略を思いつく。それは、たまたま酒席で出会った美貌の妓女呉紅蓮《ごこうれん》を使って、玉通禅師を誘惑させ、女犯《にょぼん》の罪を犯させようというものであった。

成功の暁には、妓女の籍を抜いてやると柳宣教にいわれ、すっかりその気になった紅蓮は周到に策をめぐらし、ある日、首尾よく水月寺に入り込んだ。その夜、座禅を組む玉通禅師のもとに忍び入った紅蓮は、あの手この手で禅師を誘惑、さしもの高徳の禅師もつい魔がさし、紅蓮と結ばれてしまう。その直後、不審を感じた禅師が問いただしたところ、紅蓮はかくしきれず、柳長官に頼まれたと告白した。図られたと悟った禅師は後悔したけれども、もはや後の祭りだった。

翌朝、紅蓮が帰ると、身を清め衣服を改めた玉通禅師は、座禅を組みつつ絶命した。この知らせを受けた柳宣教は深く悔やみ、手厚く玉通禅師の葬儀を取りおこなわせた。

玉通禅師の亡骸《なきがら》が火葬に付された夜、柳宣教の妻の高氏《こう》は、一人の和尚が寝室に駆け込んで来る夢をみると同時に身ごもり、十か月後、女の子を生んだ。柳翠と名付けられたその娘が八歳になったとき、柳宣教は伝染病にかかり、あえなくこの世を去る。柳宣教は清廉潔白な官吏だったので財産もなく、残された母娘はたちまち貧窮のどん底に落ちた。

どうにも暮らしが成り立たないため、柳翠は十六歳のときに人の妾になり、以来、坂道を転がるように転落の一途をたどり、とうとう妓女にまで身を落とす。彼女自身、すこぶる享楽的な性格であり、浮き草稼業をそれなりにエンジョイしていたものの、反面、異様なまでに信心深いところがあった。

さて、玉通禅師の親友だった月明和尚は、淪落の淵に沈む柳宣教の娘の柳翠の存在を知るや、彼女が玉通禅師の生まれ変わりにちがいないと確信する。この月明和尚に導かれて、柳翠は自分の前身を悟り、やがて水月寺に至って絶命した。玉通禅師が死んでから二十八年後のことだった。つまるところ、女犯の罪を犯した玉通禅師は、自分を陥れた仇の柳宣教の娘に生まれ変わり、転落の人生を送ること二十八年、自ら前世の罪を贖《つぐな》いながら、柳家を破滅に追い込み、柳宣教への復讐も果たしたというわけだ。

こうしてみると、「度柳翠」の物語において、転生は明らかに前世の罪業を贖い、浄化するための試練、イニシエーションとして位置付けられていることがわかる。ちなみに、「度柳翠」のテーマは、筋立てにかなり相違はあるものの、すでに元曲に見える。李寿卿《りじゅけい》作「度柳翠」がこれに当たる。「三言」が編纂された明末に至るや、このテーマは大いに流行したらしく、狂詩人として知られる徐渭《じょい》の手になる戯曲『玉禅師』もまた、ほぼ同一の趣向をもつ作品にほかならない。

付言すれば、『古今小説』には「度柳翠」につづき、やはり女犯を犯した高僧の五戒《ごかい》禅師が、北宋の大詩人蘇東坡《そとうば》に生まれ変わり、流謫の苦しみを味わう転生譚、「明悟《めいご》禅師、五戒《ごかい》を趕《お》うこと」（第三十巻）が収録されている。これまた、転生を苦難にみちたイニシエーションとしてとらえる点では、「度柳翠」と変わらない。

牧歌的な生まれ変わりの夢を描く唐代の「劉立」から、前世の罪業の贖いとしての転生を描く明末の「度柳翠」へと、転生のテーマは、徐々に苦痛の度合いを高めていった。時の経過とともに、物語世界において、転生の夢はしだいに悪夢と化し、生まれ変わるのも、楽ではなくなるわけだ。

10 異類婚の夢

人間以外の存在、「異類」が人間の姿をとってあらわれ、恋愛沙汰を起こす話は、古来、枚挙に暇がないほど見える。異類のなかで、もっとも登場率が高いのは、いうまでもなく狐である。漢代から北宋初期までの、夥しい説話・小説を収集・編纂した『太平広記』（全五百巻。九七八年完成）には、この「狐」の巻がつごう九巻もあり、狐が美男・美女に化け、あの手この手で人間を誘惑する話が、ヤマと収められている。

このなかに、東晋の干宝《かんぽう》著『捜神記《そうしんき》』（巻十八）から採った「陳羨《ちんせん》」（『太平広記』巻四四七収）という話がある。

後漢の建安年間、西海（青海省）の都尉《とい》（軍官）陳羨の配下に、王霊孝《おうれいこう》という兵士がいた。この王霊孝が失踪したため、陳羨は、猟犬を連れた捜索隊を繰り出し、行方を探させた。その結果、王霊孝は墓穴にひそんでいるところを発見されたが、狐のような顔付きになり、「阿紫《あし》よ」と呼んで泣くばかりだった。十日ほどたち、正気にかえった王霊孝がいうには、あるとき、阿紫と名乗る美女に誘われ、ついフラフラとついて行き、彼女を妻にして、楽しい日々をすごしたとのこと。

ここに登場する妖《あや》かしの美女阿紫が、狐の化身であることはいうまでもない。アルカイックな語り口で展開される、この「陳羨」の話では、王霊孝は住まいとしていた墓穴から引き出されるまで、妻の阿紫が狐であることにまったく気付いていない。このように、古い説話の世界では、狐の化身と関わりをもった者が、とことんまでその正体に気付かないケースが多い。また、この「陳羨」の話では、阿紫は正体を暴露されることなく姿をくらましているが、狐の化身が正体をあらわした瞬間、人間（関わりをもった当事者もしくは第三者）によって殺されるという、残酷な結末をとる話も多く見られる。けっきょく説話の語り手も登場人物も、異類（狐）の人間世界への侵入をけっして容認しないわけだ。

ところが、時代が下り、唐代伝奇小説の「任氏伝《じんしでん》」（沈既済《しんきせい》作。『太平広記』巻四五二）になると、同じく狐の化身を登場させながら、様相はガラリと一変する。

ときは唐代の天宝《てんぽう》年間（七四二～七五六）、首都長安に、武芸の心得はあったけれども、どうにも芽が出ず、貧乏暮らしをつづける鄭六《ていろく》という男がいた。ある日、鄭六は二人の侍女を連れた白衣の美女、任氏と出会い、その壮麗な屋敷に招かれて楽しい宴のときをすごし、一夜をともにする。翌朝、辞去したあと、人に聞けば、そこはなんと狐の変化が巣くう荒れ地だとのこと。さては、化かされたかと気付いたものの、鄭六はどうしても任氏のことが忘れられなかった。

十数日後、偶然、任氏と再会した鄭六は彼女に対する深い思いを切々と訴えた。任氏も、狐の化身であることを知りながら、ひたむきに自分を求める鄭六の真情にうたれ、結婚を承諾する。といっても、鄭六にはすでに正妻がおり、日陰の身ではあったけれども。どうにか資金を調達し、別宅を構えた鄭六は、任氏の正体は伏せたまま、財産家の姻戚韋崟《いきん》に頼んで道具を借りそろえ、新所帯をスタートさせた。

貧乏な鄭六が、あろうことか絶世の美女を獲得したことを知った韋崟は、さっそく彼らの新居を訪問した。韋崟は、任氏を見た瞬間、そのあまりの美しさに我を忘れ、たまたま鄭六が不在だったのをいいことに、思わず彼女に挑みかかった。しかし、任氏にそれでは鄭六があまりに可哀想だと、断固としてはねつけられ、もともとさっぱりした気性の韋崟は、たちまち自分の非を悟ったのだった。

これ以後、彼女を深く愛しながら、その思いを抑制する韋崟と任氏の間に友情がめばえた。任氏は何くれとなく尽くしてくれる韋崟に恩義を感じ、色好みの彼が興味をもつ美女を次々に連れて来ては、感謝の気持をあらわした。なにしろ任氏の言によれば、長安の美女の大部分は、彼女の親類だったのだから。だとすれば、美女という美女はすべて狐の化身だということになってしまうのだが。ともあれ、任氏は夫の鄭六のためにも超能力を発揮し、大儲けをさせるなど、十二分に尽くした。

任氏を中心に滑らかに回転しつづけた三人の関係に、やがて節目が訪れる。鄭六が武官に任命され、任地に赴くことになったのだ。鄭六は嫌がる任氏を説き伏せ、彼女を同道して任地に向かった。その道中、予期せぬ悲劇がおこる。突如、出現した猟犬に追われ、任氏は狐の姿にもどって逃走、ついに嚙み殺されてしまったのだ。あとになって、鄭六から任氏が狐の化身であることを知らされた韋崟は、驚嘆するばかりであった。

この物語のなかで、任氏が狐の化身であることを承知していたのは、夫の鄭六だけであり、もっとも親しい友人の韋崟すら、その事実を知らされていなかった。逆にいえば、任氏は彼女の正体を知りながら、異類と人間の境界を無化し、ひたすら彼女を愛してくれる鄭六にしか、真の意味で身も心も委ねようとしなかったことになる。最後は悲劇に終わったとはいえ、このように相互了解のもとに、異類と人間が夫婦として共生する「任氏伝」の世界は、異類婚の夢をもっとも美しい形で、描き上げたものだといえよう。

ちなみに、狐妻といえば、時代ははるかに下るが、英国の作家ガーネットの『狐になった夫人』(一九二二)が連想される。この小説では、ヒロインのテブリック夫人が夫の目の前で狐に変身し、最初はまだ人間らしさが残っていたけれども、時の経過とともに野生の狐そのものと化してゆく。

にもかかわらず、夫のテブリック氏は、この夫人の化身である狐を狂ったように愛しつづける。唐代伝奇「任氏伝」では、鄭六は美女に変身した狐を愛し、ガーネットの『狐になった夫人』では、テブリック氏は狐に変身した妻を愛しつづける。同じく異類婚の夢を語りながら、妻の変身の方向はまったく逆なのである。この点に、東西の物語構想の差異が端的にあらわれており、まことに興味深いものがある。

それはさておき、異類と人間の境界を越えた愛を描く「任氏伝」は、中国の異類婚物語の流れのなかで、やはり特殊な部類に属すると思われる。古い異類婚説話に見られたように、異類と人間の間に截然と境界を設け、異類を排除しようとする発想が、のちのちまで、この種の物語の主流を占めつづけるのである。

しかし、狐ならぬ蛇の化身が登場する「白蛇伝《はくじゃでん》」系統の物語では、異類が彼女を排除しようとする人間世界に向け、果敢な逆襲を試みるさまが描かれる。とりわけ明末、馮夢龍《ふうぼうりゅう》が編纂した三部の短篇小説集「三言」の一部、『警世通言《けいせいつうげん》』(第二十八巻)に収められた「白娘子《はくじょうし》、永《とこし》えに雷峯塔《らいほうとう》に鎮《しず》めらること」においては、白蛇の化身の美女、白娘子が彼女の正体に気付き逃げようとする恋人に取り憑き、可愛さ余って憎さ百倍、ついに破滅に追い込む顚末が、鮮烈に描き上げられる。

任氏のように幸せな共生は稀有の例外としても、異類婚物語の系譜のなかで、異類の女とて、いつまでも唯々諾々と排除されつづけているわけではないのである。

11　架空旅行の夢

中国古代神話の宝庫、『山海経《せんがいきょう》』のうち、四部構成をとる「海外経」には、奇怪な生物の住む不思議な国が列挙されている。

すなわち、「海外南経」には、獣身で色黒く、口から火を吹く怪物が住む「厭火国《えんかこく》」、一つの身体に三つの首をもつ人々の住む「三首国」等々の記述がある。また「海外西経」には、男だけが住む「丈夫国」、女だけが住む「女子国」等々が記される。「海外北経」では、時を司る人面蛇身の神、燭陰《しょくいん》にスポットがあてられたかと思うと、腸の無い人々の住む「無腸国」をはじめ、これまた奇妙キテレツな国々の記述が見える。最後の「海外東経」には、十個の太陽が浴《ゆあみ》する扶桑《ふそう》の樹や、左耳に青蛇、右耳に赤蛇をぶらさげ、両手に一匹ずつ蛇をもつという、なんともはなばなしいモードの雨神、雨師妾《うししょう》などが登場する。

三首国

厭火国

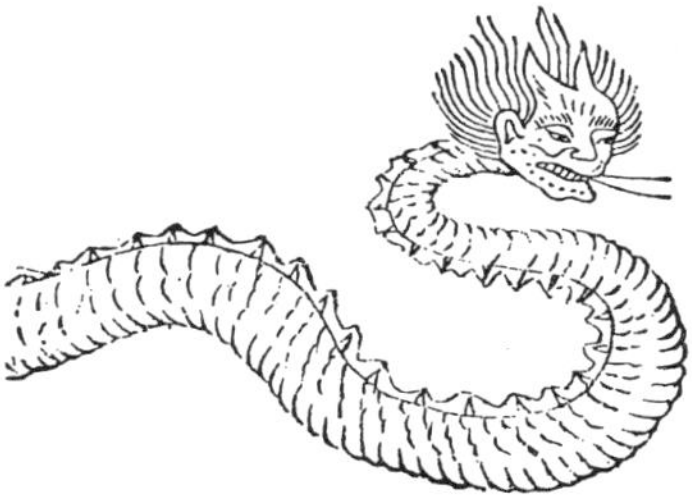

燭陰

雨師妾

『山海経』より。不思議国の住人たち

このように怪物オンパレード、不思議の国がひしめく『山海経』の世界は、まさに壮大な異域めぐりの夢絵巻といってよかろう。これ以後、清代、李汝珍《りじょちん》（一七六三?〜一八三〇?）の手になる長篇小説『鏡花《きょうか》縁《えん》』が誕生するまで、ほぼ二千年、脈々と書きつがれた中国の架空旅行記は、すべてこの『山海経』を土台とする。もっとも、六朝志怪小説や唐宋の伝奇小説にあらわされる架空旅行の夢や異域幻想は、『山海経』

のようにコスモロジカルではなく、概してスケールが小さい。

たとえば、東晋の郭璞《かくはく》（二七六〜三二四）が編纂した博物志的な志怪小説集『玄中記《げんちゅうき》』にも、不思議な国や奇怪な生き物についての記述が頻出する。郭璞は散佚した『山海経』を収集・整理して、『山海経注』を著した人物である。このため『玄中記』の異域譚にも『山海経』を踏襲したものが多い。しかし、なかには『山海経』とはガラリと趣きを異にする、こんなユニークな話もある。

大月氏《だいげってい》（インド）に、「日反」と呼ばれる牛がおり、今日、その肉を二、三斤切り取っても、翌日になると傷が癒え、ふたたび肉が盛り上がって来る、と。

短いエピソードだが、生きたまま無限に肉を与えてくれる牛が、どこかにいればいいという、人間の素朴な願望を映し出す、ほのぼのとした異域譚である。

六朝志怪の世界では、こうして断片的に語られるにすぎなかった異域譚は、時代が下り、唐宋の伝奇小説に至るや、確固とした物語的構成のもとに定着されるようになる。宋代伝奇「王榭伝《おうしゃでん》」（作者不明）は、その代表的な作品にほかならない。

主人公は船舶業を営む王榭なる人物。彼は航海中に難破して「烏衣国《うぃこく》」に漂着、黒衣をまとった老夫婦に助けられ、その美しい娘と結婚する。やがて王榭は烏衣国の王に厚遇され、故郷の金陵（南京）にもどることになる。ここに残るという妻と涙ながらに別れ、空飛ぶ車に乗せられた王榭は、またたくまに自宅に帰り着く。見れば、あたりに人影もなく、梁《はり》に二羽の燕がとまっているだけ。これを見て、王樹は自分のいた烏衣国が、燕の国だったことを悟る。

これは、龍宮訪問譚や仙界訪問譚と同じパターンの異界訪問譚であり、短篇小説として首尾一貫した世界を作り出しているとはいえ、その展開はすこぶるメルヘン的である。

断片的エピソードから、メルヘン的短篇小説へと、徐々に成熟の度を高めた架空旅行の夢は、さらに長い準備期間を経て、先にあげた清代の長篇小説『鏡花縁』(百回)の物語世界において、大々的に開示されるに至る。

『鏡花縁』の前半第八回から第四十回には、あらぬ疑いをかけられ、科挙合格資格を剝奪された唐敖《とうごう》なる人物が、うさばらしのために、義兄の海洋商人林之洋《りんしよう》の商船に乗り込み、海外漫遊の旅に出かける顚末が描かれている。この旅で、唐敖は林之洋および船員の多九公《たきゆうこう》とともに、奇怪な風俗や不思議な生き物と出会い、次々に事件に巻き込まれながら、『山海経』もどきの異国遍歴を重ねる。

商業取引でも、売り手が高値を付けることを恥じ、買い手が安値で買うことを承知しない、過剰な譲り合いの精神にあふれた「君子国」。徳の高い人物は五色の雲、邪悪な者は黒雲というふうに、色分けされた雲に乗って移動する長身族の国「大人国」。彼らの足もとの雲は、悪いことを考えれば黒くなり、善いことを考えれば五色になるという具合に、時々の心の動きによって色が変わるので、誰が何を思っているか、一目瞭然だった。

また、居酒屋のボーイさえ士大夫《したいふ》知識人の衣服を身に着け、勿体ぶった口をきく偽君子の国「淑士国《しゅくしこく》」、体の前後に二つの顔をもつ人々が住む「両面国」等々もある。両面族の前の顔はいたって柔和なのに、スッポリ頭巾をかぶせた後ろの顔は凶悪そのものであり、たまたまこれを見た唐敖と林之洋が恐怖のあまり、一目散に逃げ出すほどだった。さらにまた、「厭火国《えんかこく》」では、住民がよってたかって、しつこく物乞いをするので、断ったところ、怒った彼らは口から火を噴き、唐敖らはあやうく焼き殺されそうになる。

こうして世にも稀なる体験を重ねながら、異国遍歴をつづけた唐敖一行は、やがて「女児国」に到達する。この国で、一行はとんでもない大騒動に巻き込まれる。もともと女児国では、男女のジェンダーが完全に逆転していた。男は女装してめかしこみ、もっぱら家事にいそしむ。これとは逆に、女は男装して、外向けの仕事を担当する、というシステムなのだ。「男婦人」はむろん纏足《てんそく》もしている。

この女児国の女王が、ハンサムな林之洋を見初めたのが、大事件の発端になる。林之洋を「妃」にしようと考えた女王は、彼を後宮に監禁し、纏足の処置をほどこすやら、いやはや大変な騒ぎとなる。唐敖が知恵をしぼって女王と交渉し、ようやく林之洋を奪還したものの、遺憾ながら、林之洋のねじ曲げられた足は、なかなかもとにもどらなかった。

ともあれ林之洋を救出した唐敖は、「小蓬莱島」に寄港したさい、ひとり上陸して行方をくらます。仙人になったのだ。唐敖の行方がつかめず、やむなく林之洋の船が遠ざかって行くところで、『鏡花縁』に挿入された奇想天外の架空旅行記は終わる。

見てのとおり、複数の顔をもつ人々が住む「両面国」、口から火を噴く人々が住む「厭火国」、さらには「女児国」等々、唐敖らが遍歴した異国の多くは、『山海経』からヒントを得ていることはいうまでもない。『鏡花縁』はこれらの神話的イメージを、巧みに物語世界に組み込み、興趣あふれる架空旅行の夢世界を構築したのである。

ちなみに、『鏡花縁』の作者李汝珍（一七三六?〜一八三〇?）は、博学多識であるにもかかわらず、どうしても科挙に合格できず、不遇の生涯を送った人物だった。偽君子を痛烈に諷刺したり、これみよがしに男女のジェンダーを逆転させてみたり、『鏡花縁』の随所に、儒教イデオロギーに対する反撥と憎悪が見られるのは、このためである。李汝珍は、『山海経』にあらわされる神話のコスモロジーを、自家薬籠中のものとしたうえで、痛烈な諷刺を込めながら、この世の外ならどこへでもと、大いなる架空旅行の夢を紡ぎ上げたといえよう。

12 夢の文法

元末明初に集大成された白話長篇小説、『西遊記』と『水滸伝』には、物語構造から見ると、大きな共通性がある。

『西遊記』は周知のごとく、唐の高僧玄奘《げんじょう》（三蔵法師）が、孫悟空《そんごくう》・猪八戒《ちょはっかい》・沙悟浄《しゃごじょう》の三人の従者をしたがえ、道中、次々に出現する妖怪変化と戦い、八十一難（八十一の法難）をくぐり抜けて、西方天竺《てんじく》（インド）に到達、首尾よく唐の首都長安に仏典を持ち帰るプロセスを描く、大奇想小説である。

ここに登場する四人の主要なキャラクター、三蔵法師・孫悟空・猪八戒・沙悟浄はそろって、なんらかの罪を犯し、天上世界から追放された存在だというふうに、あらかじめ設定される。すなわち、三蔵法師は天界では如来《にょらい》の二番弟子の金蟬子《こんぜんし》だったが、師の教えに背いたために下界に落とされたもの。スーパー猿の孫悟空は、天界を大いに騒がせ、業をにやした天帝の命により、如来の手で五百年間、五行山《ごぎょうざん》の岩の下に閉じ込められもの。このほか、ブタのお化けの猪八戒は、もと天の河の水神だったが、酔って仙女に戯れたかどで、水怪の沙悟浄はもと天界の捲簾《けんれん》大将なる武官だったが、玻璃《ガラス》の杯を壊したかどで、それぞれ下界に落とされたものたちである。三蔵を中心とするこの四人の堕天使は、数々のイニシエーションをくぐり抜け、罪を浄化したのち、めでたく天上世界へと帰って行く。

せんじつめれば、『西遊記』の物語は大枠では、異界（天上世界）からやって来た特権的な存在が、ひととき地上世界で冒険を重ねたあげく、また異界へと去って行くという構造になっているのである。

『水滸伝』（百二十回本）の物語構造もまたこれに類似する。北宋末、梁山泊《りょうざんぱく》に集まった百八人の英雄・豪傑は官軍相手に大暴れを演じるが、やがて宋王朝の招安（帰順の誘い）を受け入れ、官軍に編入される。この結果、戦死者続出、最後にリーダーの宋江《そうこう》も毒殺され、ついに梁山泊軍団は壊滅する。『水滸伝』の物語世界は、こうして百八人のアナーキーな反逆者が、権力機構に取り込まれ、使い捨てにされるまでの軌跡をダイナミックに描く。

この百八人の反逆的な英雄・豪傑も、実は、この世ならぬ世界からやって来た者たちであることが、『水滸伝』の冒頭第一回で明らかにされている。北宋第六代皇帝仁宗《じんそう》（一〇二二〜一〇六三在位）の末年、都開封《かいほう》で伝染病が大流行したため、朝廷は殿前太尉の洪信《こうしん》を、霊験あらたかな信州（江西省）の龍虎山にある道教寺院に派遣し、伝染病退治の祈願をさせた。ところが、龍虎山に到着した洪信は誤って、寺の開祖が伏魔殿に封じ込めた百八人の魔王（三十六人の天罡星《てんこう》と七十二人の地煞星《ちさつ》）を逃がしてしまう。梁山泊百八人の反逆者は、この魔王たちの転生した姿だというわけ。『水滸伝』世界を所せましと暴れまわり、非業の最期を遂げた梁山泊の百八人は、けっきょく楚《そ》州《しゅう》の霊廟《れいびょう》に祭られ、神となるというところで、この物語は終わる。せんじつめれば『水滸伝』もまた『西遊記』と同様、大枠では、異界からやって来た特権的な存在が、ひととき地上世界を攪乱し、また異界へ去って行くという物語構造になっているのである。

こうした構造をとることにより、ドラマティックな事件の連鎖から成る『西遊記』や『水滸伝』の物語時間は、その発端から結末まで、あらかじめ明確に規定されることになる。その物語時間はいうまでもなく、特権的な存在が異界から地上世界に降りてきたときに始まり、彼らがふたたび異界へ回帰するときに終わる。これらの物語は、舞台の上で、限定された時間の枠内において、波瀾万丈のドラマが進行するように、展開されるのである。

物語時間の発端と結末が、あらかじめ明確に規定されているという点では、明末に書かれた『金《きん》瓶梅《ぺいばい》』も変わりはない。『金瓶梅』の物語世界は周知のように、『水滸伝』の挿話を敷衍し作り変えることによって、形成された。すなわち『水滸伝』から、百八人の豪傑の一人である武松《ぶしょう》が、兄嫁の潘金蓮《はんきんれん》と不倫相手の西門慶《せいもんけい》を殺したという話を抜き出し、これを逆転させて、もしこのとき潘金蓮と西門慶が殺されなかったらとの仮定にもとづき、『金瓶梅』の物語世界は展開されてゆくのだ。『水滸伝』で殺された潘金蓮と西門慶があの世から蘇り、ふたたびあの世に帰って行くまでの時間が、とりもなおさず『金瓶梅』のあらかじめ規定された、物語時間の枠組みにほかならない。人口に膾炙する『水滸伝』の挿話を下敷きにして、死者をあの世から呼びかえし、虚構の文法を駆使して、彼らを縦横に活躍させる『金瓶梅』の語りの仕掛けは、これまた異界からやって来た登場人物の冒険や反逆を描く、『西遊記』や『水滸伝』と根本的に共通するものといえよう。

『西遊記』『水滸伝』『金瓶梅』とともに、「四大奇書」の一つに数えられる『三国志演義』の場合は、いささか事情を異にする。もっとも、『三国志演義』に先行する『三国志平話』の場合は、『西遊記』などの物語構造と基本的に共通性がある。ちなみに、元末に刊行された『三国志平話』は、語り物の形で伝えられて来た「三国志物語」を文字化した、今に伝わる最古のテキストである。

この『平話』の冒頭には、奇妙な英雄転生譚が記されている。冥界で裁判が行われ、非業の最期を遂げた前漢創業の三人の功臣、韓信《かんしん》・彭越《ほうえつ》・英布《えいふ》を、それぞれ三国の英雄、曹操・劉備・孫権に生まれ変わらせることが決定されるというものだ。彼らの冥界からの転生を以て、物語時間開始の合図とする、この『平話』の冒頭部分は、その後、羅貫中《らかんちゅう》が集大成した『三国志演義』では、すっぱりカットされた。考えてみれば歴史にせよ物語にせよ、「三国志」の時間は、後漢《ごかん》末の乱世を

大観園図（清代）。『紅楼夢』の物語の舞台

発端とし、凄絶な戦いの末に三国が成立、その三国が滅亡することによって終了する。もともと物語時間の始まりと終わりは、明確に規定されているのだから、ことさら英雄転生譚を持ち出すまでもないと、羅貫中は判断したのであろう。

四大奇書のうち、歴史物語の『三国志演義』は例外としても、残る三つの長篇小説はいずれも、主要登場人物が異界から地上世界に出現した時点で、本格的に物語が動き出し、彼らがふたたび異界へ回帰する時点で、物語が完結するという虚構の仕掛け、言い換えれば夢の文法によって、構成されている。

この手法は清代中期、曹雪芹《そうせっきん》の手になる、中国古典小説の最高傑作『紅楼夢《こうろうむ》』に、より精錬された形で受け継がれる。ここでは、物語世界の中核を成す賈《か》家の少女たちは、実は天上世界の仙女の転生した姿として、また主要舞台となる賈家の庭園「大観園」は、天上世界の夢幻境「太虚幻境」を下界に移しかえたものとして、設定されるのだ。下界に降り立った仙女たちは、賈家の繁栄から没落までの時間を下界ですごすと、ふたたび天上世界へ回帰するというのが、その基本構想なのである。

四大奇書から『紅楼夢』に至るまで、中国の古典長篇小説は、こうして独特の語りの仕掛け、夢の文法を駆使することによって、その華麗な物語世界を作り上げてきたというべきであろう。

恋の巻

1　古代の恋

中国古代の恋愛の絶唱といえば、まず漢代楽府《がふ》（民間歌謡）の「上邪《じょうや》（天よ！）」に指を屈するだろう。

上邪
我は君と相い知り
長《とこし》えに絶え衰うること無からしめんと欲す
山に陵《みね》無く
江水　竭《つ》くるを為し
冬に雷　震震《ごろごろ》と
夏に雪雨《ふ》り

天地　合すれば
乃ち敢えて君と絶たん

これは明らかに女の視点で歌われた作品である。天変地異によって世界がひっくりかえらないかぎり、恋しい男と離れないというのだから、激越というほかない。ここに歌われるありうべからざる天変地異の様相じたい、狂おしい恋に身を焼く女の心のうねりを象徴するものといえよう。

激越という点では、やはり女の視点から、裏切った恋人への怒りを爆発させた次の歌も、「上邪」にひけをとらない。同じく漢代楽府の「思う所有《ひと》り」である。

思う所有《ひと》り
乃ち大海の南に在り
何を用《もっ》てか君に問遺《おく》らん
双珠《そうしゅ》　玳瑁《たいまい》の簪《かんざし》
玉《ぎょく》を用て之に紹繚《から》ません

聞く　君に他心有りと
拉雑《らざつ》して之を摧《くだ》き焼き
風に当《むか》いて其の灰を揚げん

今より以往《のち》
復《ま》た相い思うこと勿《なか》れ
相思　君と絶たん
（第三スタンザ略）

「恋しいあの人は大海の南。何を贈ろうかしら。対の真珠がついた鼈甲《べっこう》の簪に、玉を巻き付けましょう」（第一スタンザ）。「風の噂では、あなたは心変わりしたとか。こんな簪なんか粉々に打ち砕いて燃やし、風に向かって灰をばらまいてしまおう。これからは二度とあなたを思うまい。あなたへの思いをぷっつり断ち切るのだ」（第二スタンザ）。

遠く離れた地にいる恋人の裏切りを知った女は、贈り物に用意した簪をグシャグシャに砕き、燃やして灰にしたうえ、風に乗せてその灰をばらまいてしまおうとするのだから、その怒りの激しさは尋常ではない。簪は形代《かたしろ》であり、これを壊し灰にすることで、彼女は裏切った恋人を殺すのである。この鬼気迫る断念の儀式を通じて、彼女は報われなかった自らの恋に終止符を打つ。風に舞う灰（簪の灰であると同時に幻想のなかで火葬に付した恋人の灰）を、じっとみつめながら。

漢代楽府の「上邪」や「思う所有《ひと》り」には、民衆世界に生きた無名の女たちの恋が鮮烈に刻印されている。これに対し、西施《せいし》と卓文君《たくぶんくん》は伝説や歴史に名を残す、中国古代の恋ものがたりの代表的ヒロインにほかならない。

春秋時代、越《えつ》出身の絶世の美女西施は、長期に及んだ呉越《ごえつ》の戦いのさなか、好色な呉王夫差《ふさ》を籠絡すべく、越王句践《こうせん》の名参謀范蠡《はんれい》によって呉に送り込まれた。范蠡の計画は図に当たり、呉王夫差は西施に溺れてしだいに精神のバランスを崩し、紀元前四七三年、ついに越に滅ぼされ、自刎《じふん》して果てる。こうして呉王夫差を滅亡に追い込んだ運命の美女、西施にまつわる伝説は、その後、潤色されつづけ、奇想天外な方向へと展開してゆく。

『呉越春秋』（後漢、趙曄《ちょうよう》著）および、『越絶書《えつぜつしょ》』（後漢、袁康・呉平著）の佚文や、『呉地記《ごちき》』（唐、陸広微著）には、呉越の地方に古くから伝わる民間伝承が記されており、西施伝説もむろん含まれる。なかでも『呉地記』に記載された西施伝説は、とりわけ奇抜だ。これによれば、范蠡が西施を呉に送りとどける途中、二人は恋仲になり三年間ひそかに同棲、子まで成した。その後、ようやく西施は呉に行き、夫差の寵愛を受けた。呉の滅亡後、当然のごとく、西施は范蠡のもとに帰し、やがて身の危険を感じた范蠡ともども船に乗り込んで水路、越を脱出した、というものである。

この『呉地記』の記述に端的に見えるように、古層の西施伝説には、西施と范蠡の間に恋愛関係を想定するケースが非常に多い。かなわぬ恋に落ちた西施と范蠡は、まずは自らに課せられた役割を素知らぬていでやり遂げたあと、新しい生き方を求め、手に手を取って逃避行を敢行、海の彼方に去って行く。このストーリーが人々の解放願望をいたく刺激し、西施と范蠡の恋の冒険伝説が、ますます広く人口に膾炙したものと見える。

もっとも西施・范蠡の恋ものがたりはあくまで伝説であり、正統的な歴史文献にはいっさい記載がない。司馬遷の『史記』には、西施の名前すら出て来ないのだから。これにひきかえ、前漢の卓《たく》文君《ぶんくん》と司馬相如《しばしょうじょ》(前一七九~前一一七)の恋は、『史記』「司馬相如列伝」に詳細な記述がある。

臨邛《りんきょう》(四川省)の富豪卓王孫《たくおうそん》の娘卓文君は、結婚後まもなく夫と死別し、実家にもどっていた。のちに前漢の武帝お気に入りの宮廷文人となった司馬相如は、当時、不遇のどん底にあえいでいたが、卓文君の噂を聞くと興味津々、さっそくつてをたどって卓家を訪問した。卓文君が音楽好きだと調査ずみの司馬相如が、パフォーマンスに琴を弾いてみせると、案の定、卓文君は戸の隙間からのぞき見してようすのいい司馬相如に一目惚れしてしまう。鉄は熱いうちに打て。卓家を辞去したあとすぐ、司馬相如は人を介して卓文君に恋文と贈り物を届けた。これを受け取った卓文君は、なんとその夜のうちに相如のもとに奔り、二人は手に手を取って相如の故郷の成都《せいと》に駆け落ちしたのだった。司馬相如は貧乏文人であり、正規の手続きを踏んで求婚しても、大金持ちの卓王孫がうんというはずもなく、こんな非常手段に訴えざるをえなかったわけだ。

さて、駆け落ち後、困窮した二人は臨邛に舞いもどり、日銭稼ぎに酒場を開いた。卓文君が酒客の相手をし、司馬相如が犢鼻褌《ふんどし》姿で皿洗いに励むという段取りである。これを知った卓王孫は世間体をはばかり、ついに二人の仲を許し卓文君に財産を分与した。おかげで、司馬相如は大金持ちになったのみならず、まもなく自作の「子虚《しきょ》の賦《ふ》」が偶然、武帝の目にとまったのを機に、いちやく今をときめく宮廷文人へと変身したのだった。

この名高い恋ものがたりにおける、卓文君のイメージはひたむきに恋する女以外のなにものでもない。これに対し、司馬相如には、いかにも裕福な寡婦に計算づくで接近したような、うさん臭さがつきまとう。こうした印象は、ときめく同時代人の司馬相如に、強烈な反感をもっていた司馬遷

酒場を開いた卓文君（清『瓶笙館修簫譜』）

が、むしろ意識的に作り出したものともいえよう。

司馬相如に付与された不実な軽薄才子のイメージは、時の経過とともにオヒレがつく。六朝時代に編纂された前漢の名士の逸話集『西京雑記《せいけいざっき》』に記された、「白頭吟」の話柄はその早い例である。これによれば、出世した司馬相如は早くも茂陵《もりょう》(陝西省)の美女に心を移し、怒った卓文君は「白頭吟」を著し絶縁を宣告する。司馬相如はうろたえ、女と手を切ったというものだ。ちなみに、この「白頭吟」伝説は、のちに元・明戯曲のかっこうのモチーフとなる。

「上邪」や西施伝説に見えるような、いかなる状況においても、恋人と運命をともにしようとする女の激しい恋。「思う所有《ひと》り」や卓文君の「白頭吟」伝説に見えるような、全存在を賭けて打ち込んだ相手の不実を知った瞬間、けっして男を許すまいとする女の凄絶な断念。中国古代の恋ものがたりのヒロインたちは、執着するにせよ断念するにせよ、恋の手練手管とはまるで関わりなく、ケレンのない一途な恋の軌跡を描ききるのである。

2 報われぬ恋

唐代の伝奇小説に「報われぬ恋」を描いた二篇の作品がある。中唐の詩人李益《りえき》（七四八～八二九）をモデルにした「霍小玉伝《かくしょうぎょくでん》」（蔣防《しょうぼう》作）と、やはり中唐の詩人で典型的な風流才子、元稹《げんしん》（七七九～八三一）が、自らの恋の経験を綴ったと見られる「鶯鶯伝《おうおうでん》」である。前者「霍小玉伝」の恋ものがたりは、あらまし以下のように展開される。

主人公の李益は二十歳で首尾よく科挙に合格し、任官試験にのぞむべく、首都長安に滞在していた。このモラトリアムの期間に、李益は才色兼備のパートナーを得んものと、高名な妓女を物色したけれども、これと思う相手にめぐり合えずにいた。そこに登場したのが、辣腕の仲人婆鮑十一娘《パオシーイーニャン》。李益の意を受けた鮑十一娘は、やがて願ってもない相手をみつけてくる。霍小玉という十六歳の美少女である。彼女は高貴な家柄の出身（父は唐王朝の一族霍王）だったが、生母の身分が低いために、父の死後、母ともども王家から追い出され、今はハイクラスの妓女となっていた。狂喜した李益は、さっそく鮑十一娘のお膳立てよろしく、霍小玉母子の住む屋敷を訪れる。文名つとに名高い李益が相手とあっては、霍小玉母子に否《いな》やのあろうはずもなく、瞬時にこの「縁組」は成立した。以来、李益と霍小玉は片時も離れず、夢のような歳月をすごす。かくして二年、ついに別れのときが来る。任官試験に合格した李益が、地方官として鄭《てい》県（陝西省華県）に赴任することになったのだ。

別れにさいし、霍小玉は妓女の身ゆえ、一生とはいわないけれども、せめて三十歳になるまでは正式に結婚せず、自分のことだけ思ってほしいと切々と訴えた。李益は永久《とこしえ》の愛を誓い、落ち着いたら必ず迎えに来ると約束したのだった。しかし、約束はあっけなく反故にされた。まもなく名門の盧《ろ》家の娘と縁談がもち上がるや、李益は何の躊躇もなくこれに飛び付き、弊履のごとく霍小玉を棄てたのである。

そんなこととは露知らぬ霍小玉は、音信不通の李益の身を案じ、八方手を尽くして消息を尋ねるうち、財産を使い果たし、重病にかかってしまう。二年後、李益は一時休暇をとって長安にもどる。李益が盧氏と結婚したことを知った霍小玉は、人を介して、会いに来てほしいと何度も懇願したけれども、李益はまったく受け付けなかった。そんなとき、不実な李益の仕打ちに憤慨した一人の豪傑が、むりやり彼を霍小玉のもとに連れて来てくれた。霍小玉ははげしく李益の裏切りをなじり、「幽鬼になって、あなたの妻や側室に祟ってみせるわ」と呪詛しつつ、息絶えたのだった。

この言葉どおり、以後、李益は猜疑心の虜となり、最初の妻盧氏を姦通のかどで離縁したのを手初めに、離婚を重ねること三度、妄想に駆られて側室や腰元に虐待を加えるなど、誰も愛さず誰からも愛されない、哀れな男に成り果てたのだった。報われぬ恋に死んだ霍小玉の怨念である。社会システムの外側に排除された妓女霍小玉の真摯な恋は、軽薄な俗物男、李益の手ひどい裏切りを受け、呪的復讐へと転化せざるをえなかった。緊迫感あふれるタッチで、この報われぬ恋の顚末を鮮やかに描ききった「霍小玉伝」は、まさしく唐代伝奇中、屈指の傑作というべきであろう。

はるか時代が下り、十六世紀末の明末、湯顕祖《とうけんそ》（一五五〇〜一六一六）は、この「霍小玉伝」を下敷きにして、長篇戯曲『紫釵記《しさき》』を著した。「霍小玉伝」と『紫釵記』の決定的な差異は、後者において、あのおぞましい裏切り男、李益のイメージが根本的に転換され、あくまで霍小玉を愛しつづける、誠実無比な青年に作り変えられていることである。李益は、朝廷の実力者盧大尉から、娘婿になれと執拗に迫られても、けっして籠絡されない。この結果、波瀾万丈の運命の転変に弄ばれながらも、互いに相手を信じ合う李益と霍小玉は、ついにめでたく結ばれるに至る。

『紫釵記』は、上記のような文脈によって、報われぬ恋の悲劇を描いた唐代伝奇「霍小玉伝」を換骨奪胎し、ハッピーエンドの恋のドラマに作り変えた。しかし、両者を比べた場合、作品としての完成度の高さといい、読者に与えるインパクトの強さといい、片々たる短篇小説「霍小玉伝」のほうが、はるかに勝ることはいうまでもない。ちなみに、湯顕祖の代表作『牡丹亭還魂記《ぼたんていかんこんき》』は、やはり恋をテーマとする戯曲だが、こちらのほうは文句なしの傑作である。『紫釵記』が大戯曲家湯顕祖の初期の作品であることはさておき、原作の「霍小玉伝」において、悲劇的結末と緊密に結び付けられた妓女霍小玉の恋を、ハッピーエンドに変換することじたい、湯顕祖の手腕を以てしても、そもそもできない相談であったと見える。

これに対し、唐代伝奇の報われぬ恋を描く、今ひとつの作品「鶯鶯伝」のケースは、原作よりも後世のリメイクされた作品の方が、はるかに興趣に富む例である。

「鶯鶯伝」の主人公の張生《ちょうせい》は、旅先でひょんなことから遠縁の財産家崔《さい》家の娘、崔鶯鶯と恋仲になり、召し使いの紅娘《ホンニャン》を仲立ちに、密会を重ねる。しかし、崔鶯鶯の母（父はすでに死亡）に対し、正式に結婚の申し込みをしないまま、張生は崔鶯鶯と別れ、科挙受験のため長安に赴く。科挙に失敗した張生はそのまま長安に止まり、手紙のやりとりはあったものの、いつしか双方とも愛情がさめてしまう。やがて崔鶯鶯は別の男のもとに嫁ぎ、張生も妻を迎える。その後、張生はたまたま崔鶯鶯の住む地方に立ち寄ったさい、親類だという口実で、面会を求めたが、彼女は、

棄てたのに　今さら何をいうの
あのときは自分の方から近づいて来たくせに
昔　私を思ってくださったように

どうぞ目の前にいらっしゃる奥様をお大切に

と、決別を再確認する詩を送り、にべもなく再会を拒絶したのだった。

　この「鶯鶯伝」描くところの張生と崔鶯鶯の恋には、終始一貫して、良家の子女の恋愛ゲームの気配が濃厚に漂う。長安に滞在中の張生が、崔鶯鶯から来た手紙を友人連中に見せびらかしたために、彼らの秘めたる恋がいっきょに有名になったと記されているのも、これを裏書きするといえよう。報われぬ恋に泣いたはずのヒロイン崔鶯鶯も立ち直り早く、さっさと別の相手と結婚し、のこのこ再会を求めて来た張生に、思いきり逆ネジを食わせるなど、思いきりがいいというか、たくましいというか。怨みを呑んで死んだ後まで、裏切った相手に祟りつづけた霍小玉とは大違いである。つまるところ、デカダンな恋愛ゲームの様相を帯びた「鶯鶯伝」の物語世界は、恋愛悲劇としての完成度の高さにおいて、「霍小玉伝」に及ぶべくもないのだ。

　しかし、「鶯鶯伝」のぬけぬけとたくましい恋人たちのイメージは、後世の民衆演劇の世界で大いに好まれ、『董解元《とうかいげん》西廂記《せいしょうき》諸宮調《しょきゅうちょう》』などの前史を経て、十三世紀後半、王実甫《おうじっぽ》の手になる元曲『西廂記』において、輝かしい生命を獲得する。『西廂記』もまた「鶯鶯伝」の結末を逆転させ、張生（『西廂記』では張君瑞《くんずい》）と崔鶯鶯がめでたく結ばれるハッピーエンドに作り変える。

　ここで目立つのは、原作ではほんの端役にすぎなかった崔鶯鶯の召し使い紅娘に、八面六臂の大活躍をさせていることである。紅娘は次々に恋人たちの障害を突き崩し、新たな局面を切り開い

元曲『西廂記』より。張生と鶯鶯の逢瀬

て、ハッピーエンドを準備する。この元気で利発な狂言まわし紅娘の存在があればこそ、『西廂記』は唐代伝奇「鶯鶯伝」のどこかうさん臭い恋愛ゲームの気配を払拭し、まことに健やかにして、活力あふれる恋ものがたりに、生まれ変わることができたといえよう。

それにしても、『紫釵記』といい『西廂記』といい、中国の古典劇は、報われぬ恋を主題とする原作を、ハッピーエンドに作り変えずにはおかない。過去の悲劇の主人公たちを舞台の上に呼びもどし、彼らに今一度、幸福な結末へと収斂する新たな生命を付与して、作中人物も観客ももろともに、願望充足を果たそうとするのであろうか。

3　恋の追跡

「竹林の七賢」のひとり阮咸《げんかん》は、「七賢」のリーダー格阮籍《げんせき》(二一〇〜二六三)の甥であり、琵琶の名手として知られる。彼は典型的な直情径行型の人物であり、魏晋の名士のエピソード集『世説《せせつ》新語《しんご》』には、そのとてつもない奇人ぶりを記した話がいくつか見える。たとえば、七月七日(七夕であると同時に虫干しの日でもある)、金持ちの親類が富を誇示すべく、豪華な衣装の虫干しをしたところ、阮咸はさっそく竿に自分の大きな犢鼻褌《ふんどし》をぶらさげて張り合ったという(『世説新語』任誕篇)。

富も名誉も何するものぞ。自らの快感原則と合致する、自由な生き方を求める阮咸は、恋するときも正直そのもの、世間体など顧みず、ひたすら感情の昂揚に身をまかせる。

阮咸は以前、叔母の家にいた鮮卑《せんぴ》族の召し使いを愛していた。その後、阮咸が母の喪に服している間に、叔母が遠くへ引っ越すことになった。最初はその召し使いを残して行くという話だったが、いざ出発する段になると、なんと連れて行くというではないか。阮咸は喪服を着たまま来客の驢馬《ろば》を借りて、その後を追いかけ、馬を連ねて帰って来ると、こういった。

「子だねを絶やすわけにはいかないからな」。

この召し使いの少女が、阮孚《げんふ》の母である。

（任誕篇）

阮咸像（南京西善橋南朝墓磚画）

儒家思想は喪礼《そうれい》（喪中の礼法）をことのほか重視する。喪服を着たまま、女、しかも身分の低い召し使いの後を追うなど、言語道断、不謹慎の極みにほかならない。しかし、「無為自然」を標榜する道家老荘思想のラディカルな実践者、阮咸はあえて儒家の掟を踏みにじり、自らの感情の高ぶりに身をまかせて、恋人を奪い返しに行く。『世説新語』の注に付された阮咸の「別伝」によれば、このこれみよがしの儒家思想に対する反逆的行為によって、阮咸は囂々《ごうごう》たる非難にさらされ、長く官途につけなかったという。

もっとも、「子だね」云々とあるように、このとき、すでに召し使いの少女は身ごもっていたとおぼしい。儒家もむろんそうだが、中国では古来、子孫を残すことを何より重視する。その意味で、阮咸の行為にも正当化される余地が残されていたわけだ。いずれにせよ、彼らの間に生まれた息子の阮孚は成長後、東晋の「八達（八人の自由人）」のメンバーとなり、「下駄マニア」として名を馳せるなど、父に勝るとも劣らぬ自由な生き方を謳歌する。

阮咸についで、人口に膾炙する「恋の追跡伝説」の主人公といえば、ずっと時代が下った明代中期の文人、唐寅《とういん》（一四七〇～一五二三）の名をあげないわけにはいかない。唐寅は当時の大文化都市蘇州《そしゅう》（江蘇省）で、その名を謳われた四人の文人グループ「呉中の四才」のメンバーであった。商家の出身ながら、成績優秀の唐寅は、一四九八年、二十九歳で郷試（科挙の地方試験）にトップ合格（解元という）し、翌年、北京で実施される会試（中央試験）にのぞんだ。本人も周囲も合格を確信していたにもかかわらず、なんと不正受験のトラブルに巻き込まれて逮捕・投獄されたばかりか、科挙受験資格を永久に剝奪されてしまう。釈放後、蘇州にもどった唐寅は、ふっつり官界への夢を棄て、売文売画で生計を立てつつ、奇矯なライフスタイルを誇示し、不羈奔放《ふきほんぽう》の「市隠（町の隠者）」として名をあげるに至る。

唐寅の積もり重ねた奇行の数々は、伝説化されて後世に伝わり、戯曲や小説の格好の題材となる。明末、馮夢龍《ふうぼうりゅう》（一五七四〜一六四六）が編纂した三部の白話短篇小説集「三言」の一部、『警《けい》世通言《せいつうげん》』に見える「唐解元、姻縁《いんえん》に一笑すること」（第二十六巻）は、その恋の追跡伝説を敷衍した作品である。物語はあらまし以下のように展開される。

唐寅が蘇州の閶門《しょうもん》外の岸辺で船遊びをしていると、目の前を豪華な屋形船が通り過ぎて行った。ふと見ると、船窓から美しい召し使いの少女が顔を出し、唐寅をみつめながら、口元をおさえて微笑んでいるではないか。彼女のほうは、なんだか常軌を逸した唐寅の風体を見て、つい笑っただけかも知れないが、唐寅のほうは一目で彼女に心を奪われ、居ても立ってもいられない。おりよくそこに友人の船が通りかかったものだから、委細かまわずこれに乗り込み、屋形船の後を必死に追いかけて無錫《むしゃく》（江蘇省）まで行く。無錫に上陸した後、町中を走りまわって調べ上げ、屋形船の主、華《か》学士の屋敷をつきとめる。退職官吏の華学士は、質屋をはじめ手広く商売を営む資産家だった。

ここまでわかれば、あとはこっちのもの。もともと変装趣味のある唐寅は貧乏書生に身をやつして、華学士のもとを訪れ、面接の結果、首尾よくその息子の住み込み家庭教師に採用される。ずば抜けた文章力はいわずもがな、商家出身の唐寅は経理にも明るく、華学士の唐寅に対する評価は日増しに高まるばかり。とうとう彼を番頭に取り立て、商売をまかせる気になる。それにつけても、独身というのはどうも具合がわるい。華学士から結婚するよう勧められた唐寅は、渡りに船と飛び付き、ちょっとした策略を弄して、華学士夫人に仕えていた、かの屋形船の美少女秋香《しゅうこう》と結婚することに成功する。

婚礼がすみ、二人きりになったところで、唐寅は秋香に自分の正体を明かし、彼女を追って華家の使用人にまで身を落としたいきさつを打ち明けた。すると秋香もたちまち唐寅が屋形船の窓から見かけた人物であることを思い出し、心から喜んだ。かくして、二人は手に手をとってひそかに華家を離れ、蘇州に帰ったのだった。ちなみに、この物語には、一年後、華学士は、秋香と結婚後、杳として行方を断った番頭が、蘇州の才子唐寅であることを知り、以後、親類づきあいをつづけたという、後日談が付加されている。

この恋物語の主人公唐寅は、先述の阮咸のケースと同様、恋した相手が身分の低い召し使いであるにもかかわらず、必死に彼女を追跡し、とうとう自らの恋を成就させた。しかし、見てのとおり、唐寅の追跡獲得劇のほうが、あっというまに恋人を奪い返した阮咸のケースよりも、はるかに大がかりであり、「組織的」であるのはいうまでもない。なにしろ唐寅は、いったん自分も使用人の地位に身を落とし、華家の召し使いである相手の秋香と同じ地平に立つ試練を経てはじめて（おもしろがっていたのも確かだけれども）、彼女と結ばれたのだから。これは、辛い挫折をくぐり抜け、宿痾《しゅくあ》のように伝統中国の社会をおおう官僚制度からドロップアウトした、唐寅のような人物にしかできない芸当である。体面を重んじる、ごたいそうな士大夫《したいふ》知識人が、いくら一時的とはいえ、たかが召し使い女のために奴僕にまで身を落とすなど、夢想だにできないのだから。

いうまでもなく、「唐解元」はあくまでフィクショナルな物語である。唐寅という徹底した逸脱者のイメージが、いつしか恋の追跡伝説を生み、それが時の経過とともに誇張され、奇想天外な恋ものがたりに結実したというわけだ。

いずれにせよ、ここにあげた果敢な恋の追跡者の阮咸と唐寅は、かたやラディカルな無為の思想

「唐解元、姻縁に一笑すること」(『警世通言』第26巻)

の実践者、かたや、伝統的官僚制度に対する反逆者であった。彼らは身分の上下、男女の性差によって、きびしく人間を差異化し、社会秩序を固定化させようとする伝統中国の儒教的イデオロギーの呪縛を、恋しい女を徹底的に追跡することによって、小気味よく打ち砕いてみせる。ここには感情を開放し、自由な生き方を求める晴朗な精神が息吹いている。

このように、伝説や物語世界に登場する恋しい女を追う男のイメージが、すこぶる開放的で健康であるのにひきかえ、逆のケース、つまり恋しい男を追う女のイメージは、どうも怨念どろどろ、陰々滅々、背筋が寒くなるようなものが多い。恋情断ち切れず、幽霊になって恋人を追いつめ、あの世の果てまでひきずって行こうとする話や、妖怪が美女に変身し、恋しい男を追跡しつづける話など、女の恋の追跡ものがたりのほとんどは、深い闇の力に導かれて展開される。その詳細については、「且《しばら》く下文の分解《ときあかし》を聴け（まずは次回の説明をお聞きください）」ということにしたい。

4 恋の追跡（続）

明末、馮夢龍《ふうぼうりゅう》が編纂した「三言」の一部、『警世通言《けいせいつうげん》』に収められた「崔待詔《さいおやかた》、生死の冤家《つま》」（第八巻）は、女の恋の追跡を描く異色の傑作である。物語はあらまし以下のように展開される。

南宋の紹興《しょうこう》年間（一一三一～一一六二）、首都杭州《こうしゅう》の表具師の娘秀秀《しゅうしゅう》は、美貌と刺繡の腕前を買われ、咸安《かんあん》郡王の屋敷の腰元となった。そこに登場したのが、若い玉細工師崔寧《さいねい》。秘蔵の玉を加工し、皇帝に献上しようとする郡王のために、崔寧が腕をふるってみごとな観音像を彫り上げると、郡王はいたく喜び、「秀秀の年季が明けたら、おまえの嫁にしてやろう」とねぎらった。若い二人はこの口約束を真に受け、たがいにつよく相手を意識するようになる

そんなおりしも、郡王の屋敷が大火に見舞われ、現場に駆けつけた崔寧は、逃げ遅れた秀秀とばったり出会う。このとき、秀秀は貴金属入りの袋を抱えていた。彼女は、年季明けなど待っていら

れない、このまま夫婦になろうと崔寧に迫り、ついに二人は手に手をとって駆け落ちした。この時点で、秀秀は主家からの逃亡と貴金属持ち逃げという二つの大罪を犯し、崔寧はその共犯者となったわけだ。

潭州《たんしゅう》（湖南省長沙）にたどりついた二人は、元手に不足もないところから、玉細工の店を開く。しだいに商売も繁盛し、穏やかな生活がはじまった矢先、疫病神が出現する。郡王の部下の郭立《かくりつ》である。公務で潭州に来て二人をみつけた郭立は、杭州に戻るや、さっそく郡王に報告、激怒した郡王の命令で、二人は逮捕され、杭州の郡王邸に連行された。その結果、崔寧は役所に引き渡され、秀秀は郡王邸の裏庭でお仕置きを受けることとなる。

役所で一部始終を自白した崔寧は、情状を酌量されて流刑の処分を受け、流刑先の建康《けんこう》（南京）へと護送される。その途中、崔寧は、轎《かご》に乗って追いかけて来た秀秀と再会、ともども建康へ向かうことになる。秀秀は裏庭で手ひどく打たれたあと、郡王邸から追い出されたとのことだった。

建康到着後、護送役人が帰ると、流刑とはいえ、無罪放免になった崔寧夫婦はまたまた玉細工の店を開く。やがて、願ってもない幸運が転がり込み、彼らの生活は一気に上昇気流に乗る。というのも、郡王が皇帝に献上した観音像が破損したため、当の細工師崔寧に修理させよと、皇帝じきじきのお召しがかかったのだ。この大役をクリアした崔寧は宮中ご用達となり、妻の秀秀、および娘を追って建康に来ていたその両親ともども、杭州への帰還を許された。

崔寧夫婦が杭州で新たに開いた玉細工の店の前を、ある日、またまた郡王の部下の郭立が通りかかる。郭立は秀秀の姿を見るや、泡を食って郡王のもとへ駆けつけ、「幽霊が出ました」と報告するが、郡王は「私が秀秀を殺し、あの日、裏庭に埋めたのを、おまえも見たはずだ」と相手にしない。ここではじめて、秀秀はすでに殺されており、いま崔寧といっしょにいるのは、彼女の幽霊であることが、読者の前に明らかにされるわけだ。

さて、郡王を説き伏せた郭立が秀秀を連行すべく、踏み込んで来たとき、彼女は抵抗もせず、差し回しの轎に乗り込んだ。しかし、いざ郡王邸に到着してみれば、轎のなかはもぬけのから。郡王は崔寧を呼んできびしく追及したが、彼のほうは何も知らずに秀秀の幽霊と暮らしていたとわかり、そのまま帰宅させた。おさまらないのは崔寧である。どういうわけかと、同居していた秀秀の両親を問いただしたところ、二人はやにわに家を飛び出し、川に身を投げた。死体は上がらずじまい。実はこの二人も幽霊であり、秀秀が殺されたとき、すでに入水自殺を遂げていたのである。

妻も幽霊なら、その両親も幽霊。重なるショックにがっくり落ち込みながら、崔寧が家にもどると、なんとまた秀秀がいるではないか。命だけは助けてほしいという、崔寧の懇願に耳もかさず、秀秀は、幽霊であることが世間に知れ渡り、ともに暮らしてゆくことができない以上、ともにあの世へ行くしかないと、凄まじい力で崔寧につかみかかった。崔寧はバッタリ倒れ、そのまま絶命してしまう。

恋の執念に取りつかれ、幽明境いを越えて、崔寧を追いつづけた秀秀は、こうして闇の力をふるい、とうとう恋しい崔寧をあの世の果てまで引きずって行った。今、やや詳しく見たように、この「崔待詔」の物語において、最初から恋の主導権をとったのは女の秀秀である。崔寧の方は彼女に引きずられる形で駆け落ちし、いざ事が発覚して、役所に引き渡されるや、助かりたい一心で、すぐペラペラ自白し、何もかも秀秀に責任転嫁するなど、終始一貫、弱気で逃げ腰だった。

世間的な制約を越えてあふれる激情に身をまかせ、逃げる男を委細かまわず追う女の恋の追跡の構図は、幽霊ならぬ妖怪の恋をテーマとする物語にも、見てとれる。「白娘子《はくじょうし》、永《とこし》えに雷峯塔《らいほうとう》に鎮《しず》めらること」（『警世通言』第二十八巻）は、そんな妖怪の恋をスリリングに描いた傑作である。白蛇が美女に化け人間の男に恋するという、「白娘子」の物語世界は、さまざまな形で伝承されて来た「白蛇伝説」を踏まえながら、展

「白娘子、永えに雷峯塔に鎮められること」
（『警世通言』第 28 巻）

「白娘子、永えに雷峯塔に鎮められること」
（『警世通言』第28巻）

開される。

白蛇の化身の白娘子は、大雨の日、西湖のほとりで出会った薬屋の番頭許宣《きょせん》に一目惚れする。以来、彼女は献身的に許宣に尽くすが、尽くせば尽くすほど、許宣を追いつめ、犯罪者の汚名を着せることになる。彼女の美貌に魅了され、逃げ切れずにいた許宣も、やがて彼女が白蛇の妖怪だと知るや、たちまちふるえあがって心変わりする。報われぬ恋に絶望した白娘子は、「祟る妖怪」の貌《かたち》をあらわにして、気弱な許宣を脅迫するが、けっきょく法海《ほうかい》禅師の法力に打ち負かされ、雷峯塔の下に封じ込められてしまう。上田秋成の翻案「蛇性の婬《いん》」（『雨月物語』所収）以来、この「白娘子」の物語は日本でも広く人口に膾炙するものである。

それはさておき、こうして見ると、過剰な恋のパトスに燃えて男を追跡する女は、中国の恋ものがたりにおいては、ともすれば幽霊や妖怪など、この世ならぬバケモノとして描かれるケースが多いといえそうだ。ちなみに、清末、宣鼎《せんてい》が著した怪奇小説集『夜雨秋灯録《やうしゅうとうろく》』に収められた、「秦二《しんに》官《かん》」もまた、徹底的に恋しい男を追跡する少女の姿を描いた、まことに興趣に富む物語にほかならない。

この物語のヒロイン阿良《ありょう》は幻術を駆使する少女軽業師である。阿良は幼馴染みの秦二官と恋に落ち、二官が彼女の父を怖がって遠くの土地へ去った後も、執拗に追跡し、とうとうその居所を突き止める。生活力のない二官を養うべく、阿良は軽業や幻術を売り物に見物料を稼ぎ、しばし蜜月を過ごしたものの、父に発見され、二官と引き離されてしまう。その後、父の言い付けで遠縁の男に嫁いだ阿良は、偶然、嫁ぎ先を訪れた二官と再会したのを機に、夫を殺害、脅える二官を引き連れ逐電する。阿良の深情けにほとほと疲れ果てた二官が、隙を見て役所に訴え出たため、ついに阿良は死刑になり、二官も自殺して果てる。

この物語の結末には、意想外のシュールなドンデン返しが仕込まれているのだが（詳しくは、作品社刊の拙著『中国的大快楽主義』所収の「秦二官」全訳、「少女軽業師の恋」を参照されたい）、それはともかく、この「秦二官」のヒロイン阿良は、二官との関わりの過程においては、幽霊でも妖怪でもない。しかし、彼女は明らかに神秘な術を使う魔女的存在として描かれており、この点では、秀秀や白娘子と変わりはない。

前節で取り上げた男の恋の追跡ものがたりの主人公が、自由な開放感にあふれているのとは対照的に、女の恋の追跡ものがたりの果敢なヒロインが、こうもそろいもそろって排除さるべき幽霊・妖怪・魔女として描かれ、とどのつまり破滅の淵に投げ込まれてしまうのは、どうしたわけか。これらの物語は、女が積極的に生きようとするとき、これをバケモノ化して、この世の外に押し出そうとする、社会の斥力を極端化してあらわしているとしか、いいようがないのである。

5 恋のとりちがえ

エンターテインメント文学の世界において、「とりちがえ」は、物語展開の過程を複雑化し、読者の興趣を煽《あお》る絶好のテクニックとして、しばしば用いられる。明末、馮夢龍《ふうぼうりゅう》が編纂した三部の白話短篇小説集「三言」、および凌濛初《りょうもうしょ》が編纂した二部の白話短篇小説集「二拍」にも、とりわけ男女の関係性を描く作品に、この語りのテクニック「とりちがえ」を核とするものが頻出する。

「三言」の一部『醒世恒言《せいせいこうげん》』の「銭《せん》秀才、錯《あやま》って鳳凰の儔《つま》を占《めと》ること」（第七巻）は、結婚相手をとりちがえたために巻き起こされる大騒動を、おもしろおかしく描く作品である。「銭秀才」の物語はあらまし以下のように展開される。

西洞庭《どうてい》の大商人高賛《こうさん》は、才色兼備の愛娘秋芳《しゅうほう》のために、りっぱな婿をみつけてやりたいと躍起になっていたが、なかなか思うにまかせなかった。娘の相手は知性と教養にあふれ、容貌もすぐれていなければならないと、理想が高すぎたのである。たまたま蘇州府呉江《ごこう》県の尤辰《ゆうしん》という果物屋が洞庭山に蜜柑を仕入れに行って、高賛の婿選びの話を聞き、帰郷後、土地の資産家顔《がん》俊《しゅん》に告げたところ、自信家の顔俊はすっかり乗り気になり、仲人になれと迫る。

実のところ、顔俊は教養皆無なうえ、「色黒の顔は鍋底、ドングリ眼は銅の鈴、鋲《びょう》クギ並べたあばた面、髪は赤茶け雀の巣」という、凄まじいご面相の醜男だった。高賛の眼鏡にかなうわけがないと、尤辰は説得したが、顔俊は受け付けない。尤辰には顔俊から商売の元手を借りている弱みがあるので、やむなく洞庭の高家を訪れ、口から出まかせの美辞麗句を並べ立てて、顔俊こそ高家の令嬢の結婚相手にふさわしい人物だと売り込んだ。これを聞いた高賛は大いに心を動かし、本人と会ってみたいと言い出す。

この意向を伝えると、顔俊は妙案を思い付く。顔俊の従弟《いとこ》の銭青《せんせい》は、成績優秀で県学の学生（秀才）だったが、両親を失い生活が成り立たないため、顔俊の家に寄寓していた。彼は「唇赤く歯白く、秀でた瞳に清い眉、古びた衣装もなんのその、ひときわ目立つ色男」という美貌の持ち主。顔俊はこの銭青を身代わりに立てることにする。

銭青は世話になっている従兄の頼みをむげに断ることもできず、尤辰に伴われ高家に出向いた。案の定、高賛は一目で銭青を気に入り、縁談はとんとん拍子に進み、婚礼の日が近づく。しかし、ここで難題がもちあがる。高賛が婿殿を披露したいから、花嫁を迎えに来るよう申し入れて来たのだ。そこでまたまた、銭青が花婿代理をつとめ、花嫁迎えの船を仕立て、洞庭の高家に出向く仕儀となった。

むろん、すぐ花嫁を連れ呉江に帰るという段取りだったが、それから三日三晩、雪がふり風が吹き荒れ、出航できなくなってしまう。この間、高賛の肝入りで結婚式が上げられ、新郎新婦は同室で夜を過ごすことになるが、まじめな銭青は代理であることを自覚し、花嫁に指一本触れなかった。

ようやく雪と風がやんだ四日目、銭青は花嫁を連れ船に乗り込んで呉江に向かい、花嫁の父高賛もこれに同行した。かくして呉江に上陸した瞬間、してやられたと思った顔俊が、銭青に殴りかかるやら、事情を知って激怒した高賛が、仲人の尤辰を張り倒すやら、いやはや大変な騒ぎとなった。この騒ぎはけっきょく、呉江県の知事の粋な取りさばきで、銭青はそのまま秋芳と夫婦になり、めでたく一件落着する。

この「銭秀才」の物語は、恋のとりちがえというより、結婚相手のとりちがえを核とするドタバタ喜劇の様相がつよい。とりちがえ騒動のあげく、夫婦になった銭青と秋芳の間に、恋愛感情の芽生えた気配はほとんどないのだから。

これに対し、やはり『醒世恒言』に見える「喬《きょう》太守、鴛鴦《えんおう》の譜《ふ》を乱め点《おさ》めること《さだ》」（第八巻）の物語は、とりちがえ当事者相互の摩訶不思議な関係性をあからさまに描く。

劉秉義《りゅうへいぎ》なる医者の息子劉璞《はく》は、孫《そん》夫人の娘珠姨《しゅい》と婚約していたが、婚礼の日が迫ると、枕もあがらぬ重病にかかる。劉家ではこれを内緒にし、ともかく花嫁を迎え入れようと画策するが、花婿重体の情報を得た孫夫人は娘を傷物にされてなるものかと、美少年の珠姨の弟玉郎《ぎょくろう》に女装させ、花嫁に仕立てて劉家に送り込む。劉家では劉璞の妹でこれまた美少女の慧娘《けいじょう》に花婿の代理をつとめさせ、ともあれ結婚式をあげると、花嫁（玉郎）と慧娘を同じ部屋で生活させるよう取り計らう。女同士だから大丈夫と考えたのである。ところが、あにはからんや、二人はたちまち恋に落ち深い仲になったものだから、大変なことになる。ことが露見し、両家テンヤワンヤの大騒動のあげく、裁判沙汰になるが、名判官喬太守の計らいで、奇縁で結ばれた恋人同士の玉郎と慧娘、事件のショックで正気づいた劉璞ともともとの許婚《いいなづけ》珠姨は、それぞれめでたく結婚の運びとあいなる。

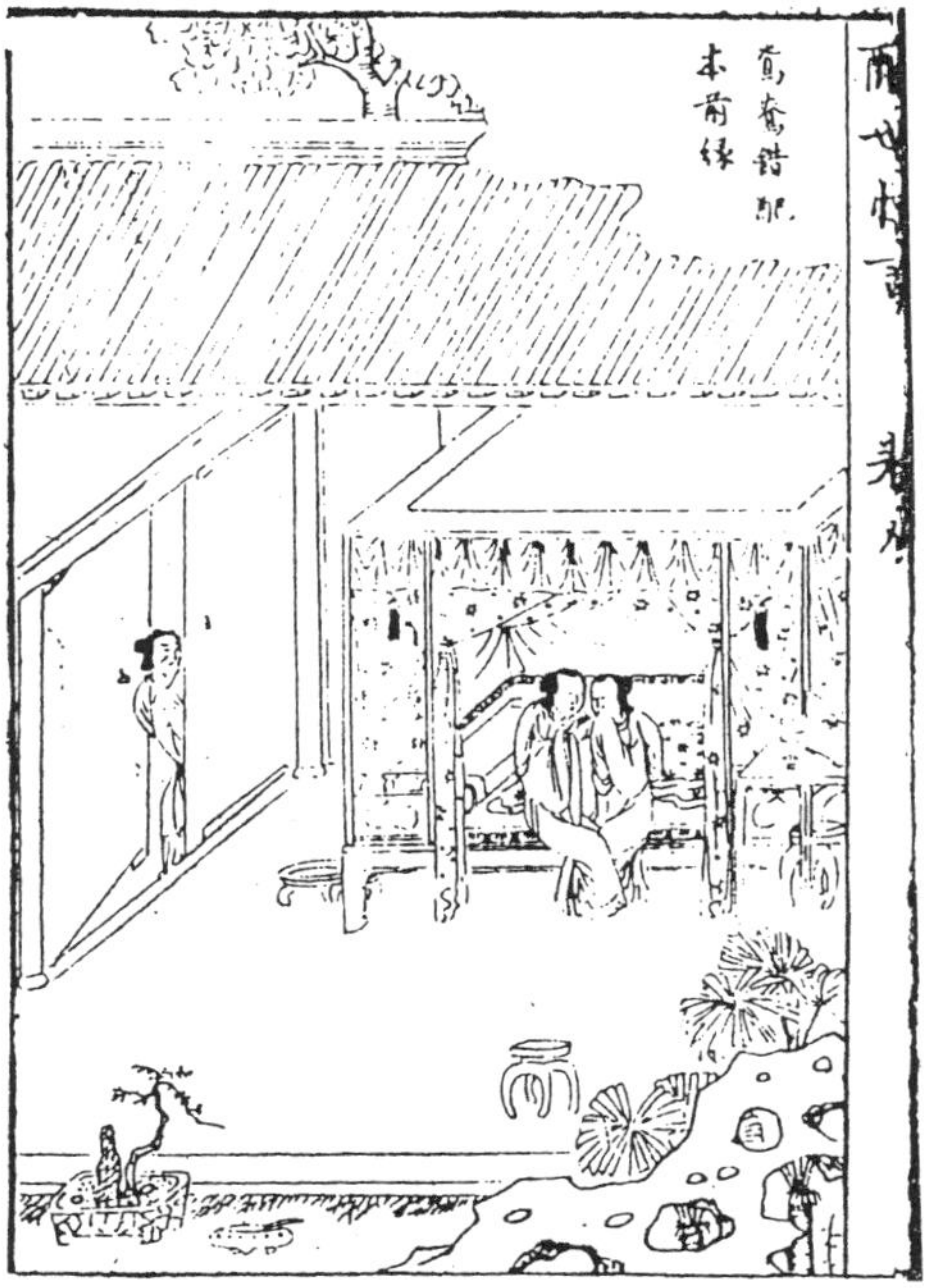

「喬太守、鴛鴦の譜を乱め点めること」
（『醒世恒言』第８巻）

この奇想天外な結婚狂奏曲「喬太守」の物語展開のポイントは、むろん花嫁に扮した少年が花婿代理の少女と恋に落ちるという、複雑に錯綜したとりちがえである。語りのテクニックとしての「とりちがえ」を縦横に駆使した、「三言」有数の奇抜な恋ものがたりといえよう。

総じて、先にあげた「銭秀才」にせよ、この「喬太守」にせよ、発端のとりちがえから、美男美女がめでたく結ばれる大団円に至るまで、物語世界はいたって健康な雰囲気に満ちあふれている。しかし、やはり明末、凌濛初の編纂した『二刻拍案驚奇《にこくはくあんきょうき》』に収められる「両《ふた》たび錯認《とりちがえ》して莫大姐《ばくたいしゃ》は私奔《かけおち》し、再び交わりを成して楊二郎《ようじろう》は本《もと》を正す」（第三十八巻）になると、男女関係のとりちがえをテーマとしながら、ガラリと様相が変わってくる。

役所で雑用係をしている徐徳《じょとく》の妻の莫大姐《ばくたいしゃ》はとびきりの美人だった。彼女は隣に住むハンサムな楊二郎と不倫関係にあったが、これに気付いた夫の監視がきびしく、なかなか会うことができない。ある日、彼女は近所の女たちと土地神の祠《ほこら》に参拝に出かけた帰り道、遠縁の郁盛《いくせい》と出会い、誘われるまま連れと別れ、彼の家へ行った。郁盛はもともと莫大姐に関心があり、すわチャンス到来とばかりに、莫大姐に酒をふるまう。酒好きの莫大姐はつい盃を重ね、泥酔して意識朦朧となり、郁盛を楊二郎と錯覚して駆け落ちの約束をしてしまう。これが最初のとりちがえである。

約束の日の深夜、合図の手拍子を聞くや、莫大姐は表に飛び出し、郁盛を楊二郎と錯覚したまま、手に手をとって駆け落ちした。暗くて相手が見えず、二度目のとりちがえをしてしまったのだ。翌朝、莫大姐はようやく相手が違うことに気が付いたけれども、もはや後の祭り、郁盛と生活をともにするしかなかった。しかし、楊二郎を忘れられない莫大姐は鬱々と楽しまず、いらだった郁盛はまもなく彼女を遊郭に売り飛ばし、大枚を懐に逐電してしまう。

かたや、妻に逃げられた徐徳はてっきり楊二郎のしわざと思い込み、役所に訴え出たため、楊二郎は逮捕・投獄された。だが、身に覚えのない楊二郎は白状のしようがない。かくして数年、楊二郎は未決のまま拘留されつづけた。そんなある日、徐徳の知り合いが旅先の遊郭で莫大姐とばったり出くわす。彼女から一部始終を聞かされたこの人物は、帰宅するやさっそく徐徳にこれを伝え、事はいっきょに解決の方向に向かう。とどのつまり、郁盛は所在を突き止められて逮捕され、後から身価を支払う約束で遊郭から救い出された莫大姐は、もはや彼女に未練のない徐徳と離婚が成立、釈放された楊二郎とめでたく結ばれたのだった。

この「莫大姐」の物語は、同じく恋のとりちがえをテーマにするとはいえ、見てのとおり、すこぶる頽廃的なムードに包まれている。とりちがえをチャンスに大胆な恋に走る「喬太守」の幼い恋人たち。罰則としてのとりちがえにより、紆余曲折を経て、ようやく不倫の恋を成就した「莫大姐」の恋人たち。いずれにせよ、明末の短篇小説に描かれる恋のとりちがえには、既成の男女関係のパターンに、揺さぶりをかける爆薬が仕掛けられているというべきであろう。

6 遊里の恋

伝統中国では、男女がオープンに交際する場は、遊里しかなかったといっても過言ではない。男女交際の解放区としての遊里がクローズアップされるのは、唐代以降である。

粋好みの唐代の士大夫知識人は、足繁く遊里の巷に通い、才色兼備の名妓と機知に富んだ会話を交わし、詩を贈り合うことに、無上の喜びをおぼえた。そうしたなかで、むろん恋も生まれた。しかし、とどのつまり遊里は、男たちが遊びの時間を買う空間であり、けっきょく妓女は社会システムの外に排除された「卑賤」な存在にすぎない。だから、遊びの域を超えた真摯な恋が成就することなど、夢のまた夢だ。唐代伝奇の「李娃伝《りあでん》」（白行簡《はくこうかん》作）は、そんな世にも稀なる、遊里の真摯な恋を描いた傑作である。

天宝《てんぽう》年間（七四二〜七五五）、常州（江蘇省）刺史《しし》（長官）の息子鄭《てい》某は、父から与えられた莫大な生活資金を手に、科挙受験のため都長安に上った。しかし、長安に到着したとたん、鄭某は妓楼の集まる町、平康里《へいこうり》の瀟洒な館に、養母（やり手婆）とともに住む名妓李娃に惚れ込み、李娃も純な鄭某に心を引かれる。鄭某は科挙のことなど忘れ果てて、李娃の館に移り住み、二人はしばし蜜月のときを過ごす。

一年後、鄭某が父の持たせてくれた金品を使い果たすや、金の切れ目が縁の切れ目、李娃の養母は掌を返すように冷たくなるが、李娃の愛は変わらないかに見えた。そんなある日、李娃は鄭某を遠出に誘い、叔母の壮麗な屋敷に連れて行く。そこに養母が死んだという知らせが入り、李娃は鄭某を叔母に預け、慌てて出て行ってしまう。それっきり何の音沙汰もないため、痺れをきらした鄭某がようすを見に行ったところ、なんと平康里の館はもぬけのから。隣人の話では、養母は死んでおらず、慌ただしく引っ越したとのこと。鄭某を振り切るため、彼女たちはグルになって、一日だけ大官の屋敷の別棟を借り、一芝居打ったのだ。

見捨てられたと悟った鄭某は悄然と、以前、奇寓していた宿屋にもどり、そのまま枕も上がらぬ重病にかかる。余命いくばくもないと判断した宿屋の主人は、彼を葬儀屋に担ぎ込むが、哀れに思った葬儀屋の連中がめんどうを見てくれたおかげで、鄭某は徐々に快方に向かう。回復後、葬儀屋の商売を手伝ううち、鄭某に意外な才能があることがわかる。葬式のときに歌う挽歌《ばんか》がとても上手だったのだ。

当時、長安には東西二軒の大葬儀屋があり、しのぎを削っていた、東の葬儀屋には挽歌の名手がおらず、この点でのみ、西の葬儀屋にひけをとっていた。鄭某の噂を聞いた東の葬儀屋は、さっそく彼を雇い入れ、ひそかに挽歌の特訓をほどこした。まもなく、東西両葬儀屋のコンクールが開催され、壇上にあがった鄭某が挽歌を歌いはじめるや、そのあまりの凄絶さに、聴衆はこぞって啜り泣きをもらした。かくして、鄭某は西の葬儀屋の歌い手を圧倒し、東の葬儀屋は首尾よく勝利をおさめたのだった。

しかし、上京中の父と下僕にこのようすを逐一、見られたことが、鄭某のさらなる不幸の始まりとなる。息子の情けない姿に激怒した父は、こっぴどく鞭で打ちすえ、息絶え絶えの彼を放置して立ち去ったのである。葬儀屋仲間はそんな彼を介抱してくれたが、ただれた傷が悪臭を放つのに耐えられず、道傍に捨てた。かくして鄭某は落ちるところまで落ち、ついに乞食となる。

大雪の日、町角で物乞いをする鄭某の悲痛な声が李娃の耳にとどく。転居先の小奇麗な館の奥で、これを聞いた李娃は、鄭某が自分のためにここまで落ちたことに胸をつかれ、さっそく彼を館に迎え入れる。これ以後、李娃は稼ぎためた金品を養母に渡して自由の身となり、一心不乱に鄭某に尽くし、ついに科挙に合格させる。この結果、鄭某の父も彼女の真心に感激して結婚を許し、以後、高級官僚となった鄭某と李娃は末長く幸福に添い遂げた。

貴公子鄭某は、もともと社会システムの外側に排除された妓女に、遊びの域を脱して恋焦がれたために、ペナルティを課せられ、一度ならず二度までも死の淵をさまよい、乞食にまで身を落としたあげく、ようやく李娃と真に結ばれた。つまり、鄭某はいったん社会システムの外側に弾き出され、妓女李娃と同じ地平に立ってはじめて、遊里の恋を成就させることができたというわけだ。一方、李娃は、当初、金の切れ目が縁の切れ目という「遊里の掟」どおり、あっさり鄭某を見捨てるけれども、最下層の乞食にまで落ちた彼と再会するや、敢然と擁護にまわる。

ともに疎外された二人が手に手をとって、首尾よく科挙の関門を突破、めでたく「社会復帰」を果たす大団円で結ばれる「李娃伝」の物語展開は、秩序攪乱のプロセスを経ながらも、最終的にはきっちり士大夫的秩序の枠内に収まっている。これに対し、明末の白話短篇小説集「三言」の一部、『醒世恒言《せいせいこうげん》』に収められた「売油郎《あぶらうり》、花魁《おいらん》を独り占めすること」(第三巻)になると、同じく遊里の恋を描きながら、がらりと様相が変わってくる。

北宋末の戦乱のさなか、両親と生き別れになった少女瑶琴《ようきん》は悪い男にだまされ、南宋の首都臨安《りんあん》(浙江省杭州)の妓楼に売り飛ばされる。いやいや妓女になったものの、美貌と才気にあふれる瑶琴はやがて杭州きっての売れっ子になり、「花魁娘子《ホワクイニャンヅ》(ナンバーワンの妓女)」と呼ばれる。

かたや、油売りの青年秦重《しんじゅう》も、華北からの避難民だが、困窮した父の手で杭州の油屋朱十老《しゅじゅうろう》に売られ、真面目な働きぶりを買われて、その養子になった。それもつかのま、腹黒い番頭と女中の差し金で油屋から追い出され、今はしがない油の行商人になっていた。ある日、瑶琴の艶姿を見た秦重は一目で恋に落ち、彼女と一夜をともにしたいと切望する。瑶琴の枕金は一夜、十両の由。以来、商いにせいを出し、爪に火をともすように貯蓄にはげんだところ、塵も積もれば山となる、一年余りで十六両にもなった。

この虎の子を抱えて、秦重は瑶琴が養母の王九媽《おうきゅうま》と住む館を訪れ、王九媽に自分の気持ちを伝えた。すでに油の行商で顔なじみになっていた王九媽は、なにしろお金を持って来ているのだから、瑶琴と引き合わせることを二つ返事で承知する。売れっ子の瑶琴はなかなか時間があかず、秦重が瑶琴と念願の対面を果たしたのは、それから一か月余り後のことだった。しかし、このとき瑶琴は泥酔状態。それでも秦重は腹も立てず、悪酔いした彼女をひたすら介抱するのだった。翌朝、このことを知った瑶琴は感動し、以来、誠実でやさしい秦重を忘れ難く思うようになる。

一年後、ひょんなことから二人は再会、彼を生涯の伴侶にと心を決めた瑶琴は、思い切った行動にでる。妓女暮らしの間に蓄えた金銀財宝を、ひそかに秦重の家に運び込んだうえで、人を介して養母の王九媽と交渉、千両の身請け金を支払い、天下晴れて秦重のもとに稼いだのである。ちなみに、この時点で、秦重は後悔した養父に呼び戻され、養父亡き後、油屋を継いでひとかどの商人になっていた。さらにまた、瑶琴は支払った千両のほか、まだ三千両にのぼる隠し財産を持っており、これを運用することで、秦重・瑶琴夫婦はその後、ますます富み栄えたのだった。

この物語の主人公秦重は、親からもらった大金を何の痛みもなく濫費した、「李娃伝」の主人公鄭某と異なり、たった一夜の夢を買うために一年もの間、身を粉にして働かねばならなかった。貧しい油売りの彼は、瑶琴と出会う前も出会った後も、変わることなく地道に働きつづけ、自らの手で少しずつ生活レベルを上昇させていった。そんな彼を見込んだしっかり者の瑶琴は、自ら身請け金を支払って自由の身となり、嬉々として油商人秦重の妻となり、自力で豊かな生活をかちとってゆく。「李娃伝」の主人公たちが、最終的に既成の秩序体系に乗っかることによって、幸福の保証を得たのとは対照的に、「売油郎」の主人公たちは自力更生、あくまでも自前で幸福な生活を手に入れたのである。唐から明へ、遊里の恋にも、社会構造の歴史的変化がくっきり映し出されているといえよう。

7　恋の狂言まわし

『漢語新詞新語年編』（四川人民出版社、一九九七年刊）に「電脳《ティエンナオ》紅娘《ホンニャン》」という項目があり、「コンピュータを用いた結婚相談の方法」と解説されている。いまや中国でもコンピュータに打ち込んだデータをもとに、相手を紹介する結婚相談所が繁盛しているらしい。これにも驚いたが、相手紹介の方法が「コンピュータ紅娘」と呼ばれていることに、なおびっくりした。いうまでもなく紅《ホン》娘《ニャン》は、元曲（元代の戯曲）の傑作『西廂記《せいしょうき》』（王実甫《おうじっぽ》作）において、ヒーローとヒロインの恋をとりもつ利発な召し使いの少女を指す。恋のとりもちといえば、すぐこの紅娘を連想するとはさすが中国だ。

　恋をテーマとする中国の戯曲や小説では、恋人たちの間をとりもつ仲介役、恋の狂言まわしは重要な位置を占める。『西廂記』の紅娘はその代表選手である。「報われぬ恋」の節で述べたように、

『西廂記』には科挙合格をめざす張君瑞《ちょうくんずい》と深窓の令嬢崔鶯鶯《さいおうおう》が、障害を乗り越え、めでたく結ばれるまでのプロセスが、いきいきと描かれている。

旅先で出会った張君瑞と崔鶯鶯はたちまち恋に落ちるが、鶯鶯の母はかたくなに二人の結婚を認めようとしない。やがて張君瑞は重度の恋患いにかかり、枕も上がらなくなってしまう。かたや鶯鶯は我から恋文を送ったかと思えば、急に自制してみたり、動揺することはなはだしい。そんな彼らを見かねて、鶯鶯付きの召し使い紅娘が恋のとりもち役を買って出る。鶯鶯が病勢つのる君瑞を案じて恋文を届け、やっとその部屋を訪ねる約束をしたとき、紅娘は「こんど約束を破ったら奥さまに言い付けますよ」と強く出て、すぐ気が変わる鶯鶯を煽《あお》りたてる。そのうえで、早く早くと急き立てて、鶯鶯を君瑞の部屋に送り込み、二人の恋を成就させてしまうのである（第十九折）。

紅娘はうじうじ悩む恋人たちを叱咤激励し、溌剌と動き回って彼らのために困難な局面を、次々に切り開いてゆく。下世話なことに長《た》けた根っからの庶民の娘でありながら、何をしても下品にならない、おきゃんな恋の狂言まわし紅娘。躍動感のある彼女の存在こそが、四折《せつ》（折は幕に相当構成を原則とする元曲のなかで、全二十六折という異例の長さをもつ『西廂記』の劇的世界を、停滞させることなく、活性化させる役割を果たしている。

後期の元曲作家鄭光祖《ていこうそ》の手になる『㑳梅香《すうばいこう》（利発な召し使い）』は、『西廂記』を踏襲した作品だが、ここでも樊素《はんそ》という利発な召し使いの少女が、恋の狂言まわしを演じる。このドラマの主要登場人物は、白楽天の弟（とされる）白敏中《はくびんちゅう》、今は亡き高級官僚裴度《はいど》の娘の小蛮《しょうばん》、小蛮付きの召し使いであり学友でもある樊素、小蛮の母韓《かん》氏の四人である。

白敏中と小蛮は幼いときから父親同士が決めた許婚《いいなづけ》だったが、双方とも父親が亡くなったあと、長らく音信不通の状態がつづいた。ようやく白敏中が裴家を訪れ、縁談を進めようとしたところ、小蛮の母の韓氏は話をそらしてしまうが、裴家に滞在することだけは認める。かくして宙ぶらりんの状態のまま、裴家に滞在することになった白敏中は、樊素のとりもちよろしきを得て、小蛮と恋仲になる。これを知った韓氏は白敏中を追い出してしまう。一念発起した彼はまもなく科挙にトップ合格を果たし、官界にデビューする。やがて裴家に、その年の状元《じょうげん》（科挙トップ合格者）のもとに小蛮を嫁がせるよう、皇帝の命令が下る。婚礼の当日、利発な樊素は新状元がほかならぬ白敏中だと察知、めでたしめでたしの大団円とあいなる。

『西廂記』の焼き直しというほかない筋立てだが、召し使いの樊素の性格付けに趣向を凝らし、新機軸を出しているのが目立つ。紅娘も時として「李下《りか》に冠を正さず」などと成語をひねるが、概して典故のある言葉など用いず、歯に衣きせずズケズケものをいう。

これに対し、親代々の裴家の召し使いである樊素は、小蛮の学友として勉学に励んだために、たいへんな物知りになり、何かといえば、『論語』や『孟子』等々を引き合いに出す。小蛮に自分の気持ちを伝えてほしいと白敏中に頼まれるや、即座に、「聖人が『吾れ未《いま》だ徳を好むこと、色を好むが如《ごと》くする者を見ざるなり』（『論語』子罕《しかん》篇）とおっしゃっているのを、ご存知ないの」と言い返し、「うちのお嬢さんは『割《き》り目正しからざれば食らわず（肉の切り方がきちんと法則にあっていないものは食べない）』『席《せき》正しからざれば坐せず（敷物の位置がきちんとしていなければ座らない）』（いずれも『論語』郷党篇）というほど、礼儀正しい方だから、そんな無作法な愛の告白を受け付けられるはずがありませんわ」と逆ネジを食わせるのである。

魏晋の名士のエピソード集『世説新語』「文学篇」に、後漢の大学者鄭玄《じょうげん》の家では、召し使いに至るまで教養が高く、『詩経』の詩句を自在に操ったという有名なエピソードが見えるが、樊素のイメージにはこれを彷彿とさせるものがある。こましゃくれた生意気さを発散しながら、懸命に彼らの恋の狂言まわしをつとめる、この樊素の性格付けには、確かにすっとぼけたユーモア感覚がある。ただ、おためごかしの礼教道徳など歯牙にもかけず、舞台狭しと駆け回るヴァイタリティあふれる紅娘に比べれば、理に落ちるインテリ少女の樊素は、やはり影がうすいといわざるをえない。

いずれにせよ、紅娘も樊素も主人公の美しい恋を実らせるべく八面六臂の大活躍をして、ドラマを大団円に収斂させる。可憐な恋の狂言まわしの彼女たちが、幸福をもたらすプラスイメージを帯びるのに対し、恋人たちを不幸に追い込み破滅させるマイナスイメージの恋の仲介役のほうは、ことに小説のジャンルにおいて、しばしば重要な役割を担う。強欲でしたたかな「やり手婆」が、これに当たる。

明末、馮夢龍が編纂した三部の短篇小説集「三言」には、やり手婆が暗躍して、道ならぬ恋（私通や不倫）の成就に一役買う筋立ての作品が、それこそ枚挙に暇がないほどみえる。「閒雲庵《かんうんあん》にて阮三《げんさん》、冤債《こいのかり》を償《つぐな》うこと」（『古今小説』第四巻）は、その代表的な作品の一つである。

西京河南府《かなん》（洛陽）の役人陳太《ちんたい》常《じょう》の娘玉蘭《ぎょくらん》（十九歳）と、富裕な商人の息子阮三《げんさん》（十八歳）は、ひょんなことから恋に落ちた。しかし、陳太常は玉蘭をいくら裕福でも、商人のもとに嫁がせる気などない。阮三は正攻法では玉蘭と結ばれないと悲観して、恋患いにかかり、どっと寝ついてしまう。このようすを見て、同情した友人の張遠は、知り合いの閒雲庵（尼寺）の庵主王守長《おうしゅちょう》が、陳家に出入していることに目を付け、阮三から大枚の報酬を出させる約束をして、とりもちを依頼する。ちなみに、庵主はもと妓女であり、色恋の道のエキスパートであった。

「閒雲庵にて阮三、冤債を償うこと」
（『古今小説』第4巻）

欲に目がくらんだ王庵主は周到に策を練り、首尾よく玉蘭と阮三を閒雲庵の奥の間で密会させることに成功する。ところが、ここにとんだ誤算が生じる。恋患いで体の弱っていた阮三が、念願かなったうれしさで興奮の極に達し、頓死してしまったのである。玉蘭は失意のどん底に落ちるが、陳・阮両家の了解のもと、やがてこのとき身ごもった子供を生み、大切に育ててゆく。この子はすこぶる優秀であり、成長後、科挙にトップ合格するに至る。この後日談を救いのように付加して、物語は完結するのである。

この物語において、王庵主は口八丁手八丁のやり手婆的手法を駆使し、若い二人の許されぬ恋を手際よく成就させる。しかし、成就した瞬間、阮三は死の淵に転落し、二人の恋は終わる。つまるところ、この「閒雲庵」の物語世界の恋人たちにとって、王庵主は彼らを破滅へと誘う、地獄の使者だといってもよい。

若くて可憐な紅娘や樊素が恋の狂言まわしを演じれば、美しく純粋な恋が成就し、老いたすれっからしのやり手婆が狂言まわしを買って出れば、恋人たちはエロスの地獄に突き落とされる。『金瓶梅』に登場する王婆《ワンポ》は、そんな地獄の恋の狂言まわしの代表的存在にほかならない。このやり手婆のビッグスターについての詳細は、次節に譲ることにしよう。

8 恋の狂言まわし（続）

明代の万暦《ばんれき》年間、十六世紀の末に書かれた『金瓶梅《きんぺいばい》』は、周知のように、その始まりの部分を『水滸伝《すいこでん》』の一部から取っている。『水滸伝』の第二十三回から第二十六回にかけて、梁山泊《りょうざんぱく》の百八人の豪傑の一人で、虎退治で有名な武松《ぶしょう》が、兄嫁の潘金蓮《はんきんれん》とその愛人の西門慶《せいもんけい》を殺すくだりがある。この部分が『金瓶梅』に転用されるのである。

武松の兄の武大《ぶだい》は、体格も貧弱なら気も小さく、コツコツと饅頭《マントウ》を売って生計を立てている人物だった。妻の潘金蓮はそんな武大と釣り合わない、とびきりの美女。彼女はさるご大家の奥女中だったが、主人と深い仲になったため、腹を立てた主人の妻によって、見栄えのしない武大のもとに嫁がされたのである。不本意な結婚をした潘金蓮は、やがて札付きの不良ながら、商才に長けた薬屋の西門慶と道ならぬ恋に落ち、邪魔になる夫の武大を毒殺してしまう。

『水滸伝』では、これを知った弟の豪傑武松が激怒して、潘金蓮と西門慶の二人を殺すことで、この話は幕となる。『金瓶梅』は、もしこのとき潘金蓮と西門慶が武松に殺されなかったら、という仮定にもとづいて展開される。『金瓶梅』は、百八人の豪傑の任俠的な結び付きを描く『水滸伝』のなかで、例外的にあからさまに男女の欲望を扱った部分に着目し、これを軸に、欲望オンパレードともいうべき物語世界を作り出してゆくわけだ。

『金瓶梅』的欲望世界の中心人物である潘金蓮と西門慶の道ならぬ恋は、西門慶の一目惚れから始まる。実はこれより先、武大にあきあきしていた潘金蓮は、たくましい義弟の武松に心を引かれ、親切の限りを尽くしたことがある。しかし、兄思いの武松はむろん相手にしなかった。まもなく武松は公用で出張することになり（虎退治で名をあげた武松は、当時、清河県の警備隊長になっていた）、自分の留守中、くれぐれも潘金蓮の挙動に注意するよう武大に言い残して出発したのだった。

武松が出発してから三か月後、たまたま武大の家の前を通りかかった西門慶は、なまめかしい潘金蓮の姿を見かけて、たちまち夢中になった。武松に袖にされ、無聊をかこつ潘金蓮もようすのいい西門慶に心を引かれる。ちなみに、西門慶はギタギタと脂ぎった男のように思われるが、実は中国の美男の代名詞である六朝《りくちょう》詩人の潘岳《はんがく》そこのけ、水もしたたるいい男であった。西門慶はなんとか彼女に接近したいと思うが、なにぶん人妻のこととて、おいそれと手だてがみつからない。そこに登場するのが、潘金蓮の家の隣で茶店を営む王婆《ワンポ》である。王婆は口八丁手八丁のよろず屋で、礼金さえもらえば不義密通のとりもちも厭わぬという、すれっからしの女だった。

西門慶が大枚十両の礼金をちらつかせて、かねて知った仲の王婆に相談をもちかけるや、王婆は軍師よろしく秘術を尽くし、潘金蓮を射落とすための手練手管を十段階にわたって、念入りに伝授する（『金瓶梅』第三回）。すなわち、

1、西門慶が上等の布地を買い求めて王婆に渡し、王婆が潘金蓮に仕立てを頼む。
2、王婆の家で潘金蓮に仕立てさせる（潘金蓮を家から引き離す）。
3、王婆が潘金蓮をねぎらい酒や菓子でもてなす。
4、三日目に初めて、王婆の家で西門慶と対面させる。
5、王婆が西門慶をほめちぎり、西門慶は潘金蓮の仕立ての腕をほめちぎる。
6、王婆が潘金蓮をもてなすための酒宴を提唱する。
7、王婆が買い物のためと称して座をはずし、潘金蓮と西門慶を二人だけにする。
8、酒宴の支度をととのえ。潘金蓮に酒を飲ませる。
9、口実を作って王婆がふたたび座をはずす。
10、西門慶の口説き。

という段取りである。西門慶はこの王婆のお膳立てどおりのプロセスを踏み、首尾よく潘金蓮と結ばれるに至る。王婆が伝授したこの恋の手管は見てのとおり、恐ろしくリアリスティックにして合

理的であり、情緒的な要素は片鱗もない。のみならず、いかにも手練のやり手婆らしく、王婆の伝授する手管は、けっして西門慶の一方的な無理押しを事とせず、潘金蓮の反応を測りながら、一つ一つの段階を着実にクリアするよう説いているのが、大きな特徴だといえる。もっとも潘金蓮自身、実は西門慶も顔色なしの淫女なのだから、王婆の秘術を尽くした手管の伝授も「手続きの美学」といった趣があるのは否めないけれども。

ともあれ、人妻である潘金蓮をわがものにしたいという、西門慶の非合理的な恋の衝動、やみく

『金瓶梅』より。王婆の手引きで西門慶は潘金蓮と密会する（第3回）

もに倫理的な規範を踏み越え侵犯しようとする欲望は、王婆がセットした奇妙に合理的な手続きを経て、ここにめでたく成就された。このくだりに象徴的に見られるように、過剰な欲望の渦巻く『金瓶梅』世界において、非合理的な愛や欲望を遂げるために用いられる手管は、それじたいとしては、呆れるほど合理的である場合が多い。

たとえば、先にあげた愛の手管の第三段階において、王婆は、「そこで、あの子(潘金蓮)がうちへ来て縫ってくれたら、お昼にお酒やお菓子などを出して、さあ召し上がれといいます。もしもあの子がそれじゃぐあいがわるいから、どうしてもうちへ持って帰って縫うといったら、この話はだめですが、黙って食べるようなら、三分の脈があります。でもこの日、旦那はまだおいでになってはいけません」と諭し、西門慶が焦って無原則的に行動することに歯止めをかける。ここには、膨張する欲望と、これをセーブしつつ、着実に目的を達成しようとする合理的な方法論との絡みが、文字どおり絵にかいたように、鮮やかに描写されているといえよう。

『金瓶梅』の主人公西門慶は、資本の論理で動く商人である。潘金蓮と共謀して武大を毒殺し、潘金蓮を第三夫人として自宅に迎え入れたころから、彼は商売の方でも上昇気流に乗った。最初は薬屋だけだったものが、質屋に呉服屋、はては海運業にまで手を広げるなど順風満帆、商業的欲望を無限増殖させて多角経営に乗り出してゆく。商人として過剰な欲望に憑かれて動きながら、ここでも一つ一つの目的を達成するために、西門慶がとる手段はおそろしく合理的だ。非合理的な欲望の無際限な膨張を、合理的な方法論が支えているのである。こうした西門慶における商人の論理・資本の論理と、潘金蓮獲得のさい、王婆がセットした微に入り細にわたる愛の手管が、相似形を成しているのはいうまでもない。

王婆の手引きで道ならぬ恋の深間にはまった潘金蓮と西門慶は以後、毒食わば皿まで、手に手をとってエロスの世界に地獄落ちすることになる。最初に愛の手管を伝授した、恋の狂言回し王婆は、さしずめ、そんな二人の地獄めぐりの導き手といったところである。人の心の裏を知り尽くした王婆のどぎつい策士ぶりに比べれば、さしもの西門慶と潘金蓮の欲望過多カップルすら、可憐に見えるほどだ。

王婆の伝授した愛の手管から始まった『金瓶梅』の欲望のドンチャン騒ぎは、けっきょく媚薬——強精剤——の乱用によって、西門慶が頓死することで終わりを告げる。膨れ上がった多角経営はたちまち破綻し、女たちは屋敷から追い出されて散り散りとなり、潘金蓮は王婆のもとにもどったところで、武松に王婆ともども殺されてしまう。

『水滸伝』を踏まえて、もし西門慶と潘金蓮が武松に殺されなかったらという、仮定のもとに始まった『金瓶梅』の物語世界は、二人がともに非業の死を遂げることによって、けっきょく『水滸伝』が設定した最初の枠組にスッポリおさまったことになる。商人の欲望のドラマ『金瓶梅』は、まさしく最初から死と隣合わせに繰り広げられたエロスの世界にほかならなかったのである。

9 恋する男装の麗人

アメリカで大評判になったディズニー・プロ製作のアニメ『ムーラン』が、一九九八年、日本でも上映された。ムーランとは、いうまでもなく、北魏《ほくぎ》（三八六～五三四）の長篇楽府《がふ》「木蘭詩《もくらんし》」のヒロイン、男装の麗人木蘭を指す。

美少女木蘭は男に変装して、老父の身代わりに従軍し、戦いに明け暮れること十数年、数々の輝かしい戦功を立てた。その間、誰も彼女が女であることに気付かなかった。「木蘭詩」には、そんな男装の麗人木蘭の姿が鮮烈に歌われている。ここに描かれる孝行娘木蘭のイメージはストイックそのものであり、およそ恋愛沙汰とは縁がない。

しかし、木蘭伝説を踏まえた後世の物語では一転して、男装の麗人の恋をテーマにしたものが主流となる。唐代に流布した「梁山伯《りょうさんはく》・祝英台《しゅくえいだい》伝説」はその早い例である。

東晋（三一七〜四二〇）のころ、上虞県《じょうぐ》（浙江省）の学問好きの少女、祝英台はしぶる家族を説き伏せ、男装に身を固めて遊学する。遊学先で会稽《かいけい》郡（浙江省）出身の青年、梁山伯と親しくなり、起居をともにしながら勉学に励む。この間、梁山伯は祝英台を男だと信じきっていた。やがて学業成り、祝英台は梁山伯と再会を約して、一足先に帰郷する。数か月後、上虞県を訪れ祝英台が女だと知った梁山伯は、彼女に求婚するが、時すでに遅く、祝英台は兄の計らいで馬《ば》氏なる人物と婚約した後だった。祝英台の意中にあったのも、むろん梁山伯その人であったが、事ここに至ってはどうしようもない。悲観した梁山伯は重病にかかり、まもなくこの世を去る。

木蘭（『百美図詠』）

　翌年、馬家へ嫁ぐ祝英台を乗せた船が、たまたま梁山伯の墓の側を通りかかったとき、ふいに風波が激しくなり、先に進めなくなってしまう。そこに梁山伯の墓があることを知った祝英台は上陸して、墓前にぬかずき号泣した。すると、たちまち地面が裂け、あっというまに祝英台をのみ込んでしまう。この世で添い遂げられなかった彼らは、こうして冥界で結ばれたのだった。

「梁山伯・祝英台伝説」に描かれているのは、男装の麗人の悲恋にほかならない。しかし、さらに時代が下ると、物語世界における男装の麗人の恋も、ハッピーエンドに終わるケースがふえる。明末、馮夢龍が編纂した三部の短篇小説集「三言」に見える二篇の男装の麗人の恋物語、すなわち「李秀卿《りしゅうけい》、義もて黄貞女《こうていじょ》と結ばれること」（『古今小説』第二十八巻）および「劉《りゅう》小官、雌雄《しゆう》兄弟」（『醒世恒言』第十巻）は、その顕著な例である。まず「李秀卿」の物語展開を見てみよう。

明の弘治《こうち》年間（一四八八〜一五〇五）、南京郊外上元《じょうげん》県の線香販売商黄公《こうこう》は、いつも江北（長江の北側）に行商に出向いていた。家族は妻と娘二人。しかし、長女の道聡《どうそう》が南京の張二哥《チャンアルガ》なる男のもとに嫁いだあと、妻が病死したため、次女の幼い善聡《ぜんそう》（十二歳）を一人残して行くのが心配で、行商にも出られなくなる。困った黄公は善聡に男装させ、商売を見習わせるために預かった外甥《がいせい》という触れ込みで、行商に連れて行くことにした。娘姿では道中、思わぬ危険がふりかかることを懸念したのである。

凜々《りり》しい美少年に変身した善聡は、父ともども江北の盧州《ろしゅう》に到着するや、かいがいしく父を手伝い、周囲の評判も上々だった。かくして二年、思わぬ悲劇がおこる。黄公が病気になり、薬石効なく盧州の宿屋で客死してしまったのだ。善聡は悲嘆にくれながらも、ともあれ殯《かりもがり》をすませ、父の柩《ひつぎ》を盧州城外の古寺に預ける。柩を運んで故郷の南京にもどりたいのはやまやまながら、なにぶん善聡はまだ幼く、その方便がつかめない。思いあまった善聡は、宿屋の隣室にいた、やはり線香商人の李英《りえい》に、いっしょに商売をしようと相談をもちかけた。彼は善聡より四歳年上の十八歳、出身も同じ南京の、頼みがいのある誠実な人物だった。

李英は即座にこの提案を受け入れ、以来、二人は元手も儲けも共有して商売に励んだばかりか、仲のいい兄弟のように寝食をともにした。ただ、善聡はいつも服を着たまま床につき、靴下さえ脱がなかった（むろん纏足《てんそく》を見破られないためだ）。不審に思ってたずねると、善聡は「冷え性だから」と巧みに言い抜け、素直な李英はそれを真に受けて、それ以上追及しようとしなかった。

あっというまに七年の歳月が流れ、李英との共同事業も順風満帆、手持ち資金も潤沢になった善聡は、李英ともども父の柩を持って南京へ帰郷した。南京に到着後、再会を約して李英と別れ、善聡は姉の嫁ぎ先の張家を訪れた。九年ぶりに会った姉の道聡は、男装の善聡を見て仰天し、テンヤワンヤの大騒動になるが、けっきょくは妹のたどった数奇な運命を理解し、涙、涙の姉妹対面となる。

翌日、張家にやって来た李英は女姿にもどった善聡を見て、七年も同棲しながら、彼女が女であることに気付かなかった自分の愚かさに呆れつつ、改めて結婚を申し込むが、善聡は承知しない。それでは、他人に好奇の目で見られ、友情で結ばれた「清らか」な七年が無に帰してしまうというのである。スッタモンダのあげく、善聡との結婚を切望する李英のために、一肌ぬいでくれる地方長官が出現して、二人はめでたく結ばれ、大団円となる。

この「李秀卿」の物語において、ヒロインの善聡は自分が女であることをひた隠しにしつつ、真相を知らない李英に、「秘めたる恋心」を抱きつづける。しかし、彼女は真相を知った李英が求愛して来ると、世間から疑惑の目で見られたくないと、拒否の姿勢を崩さない。恋とストイシズムの板挟みになるこうした善聡のイメージには明らかに、あくまでストイックだった、かの男装の麗人の原型、木蘭の痕跡が認められる。

「三言」のいま一つの男装の麗人物語、「劉小官、雌雄兄弟」の物語展開も、基本的には「李秀卿」のケースと同工異曲である。

明の宣徳《せんとく》年間（一四二六〜一四三五）、親を亡くし不幸な境遇に陥った二人の若者、方申児《ほうしんじ》（のちに劉方《りゅうほう》と改名）と劉奇《りゅうき》は、北京郊外で小さな酒楼を開く、親切な劉徳夫妻に救われ、夫妻に子供がなかったため、やがてともどもその養子となった。以来、二人は実の兄弟以上に仲睦まじく（年上の劉奇が兄となる）、力を合わせて家業に励み、劉徳夫妻に孝養を尽くす。ほどなく老いた劉徳夫妻が相継いでこの世を去ったあと、劉奇と劉方は酒楼を閉鎖し、呉服屋に商売替えしたところ、ますます商売繁盛となる。

そうなると、適齢期の劉奇（二十二歳）と劉方（十九歳）には降るように縁談が持ち込まれるが、どうしたわけか劉方は頑として話に乗ろうとしない。のみならず、兄貴分の劉奇の縁談にもいい顔をしない。ひょっとしたら、劉方は女なのではないか。不審をつのらせた劉奇が問い詰めると、劉方は実父について旅に出るさい、男装に身をやつしたところ、劉徳夫妻の酒楼で父が客死したため、そのまま今日に至ってしまったと告白した。これを聞いた劉奇が喜ぶまいことか。さっそく求婚したところ、劉方に否《いな》やのあろうはずもなく、まもなく二人は正式に婚礼をあげ、万事めでたし、めでたしの大団円となる。

この「劉小官」に登場する男装の麗人劉方のイメージは、恋する相手の劉奇に詩を贈り、自分が女であることを暗にほのめかすなど、女であることをひた隠しにした先の「李秀卿」の善聡に比べ、はるかに積極的である。

恋などどこ吹く風のストイックな木蘭から、悲恋に泣いた祝英台、恋とストイシズムの葛藤に揺れた善聡、恋する思いを積極的に表現した劉方へと、男装の麗人は脱神話化され、俗化の一途をたどった。しかし反面、こうして俗化の波にさらされることにより、しだいに物語世界における男装の麗人が、窮屈な自己規制からのびやかに解放され、なまなましいリアリティを帯びるに至ったことも、見落とせない事実である。

10　俠女の恋

中国古典小説には、唐代伝奇の「聶隠娘《じょういんじょう》」（裴鉶《はいけい》作）を嚆矢とする、「俠女物語」の系譜がある。「聶隠娘」の物語は、あらまし以下のように展開される。

魏博《ぎはく》節度使（河北省南部から山西省北部にわたる地域の軍政長官）聶鋒《じょうほう》の娘、聶隠娘は十歳のとき尼僧に誘拐され、山奥で五年にわたり尼僧の特訓を受けた結果、超能力をもつ俠女に変身した。やがて父のもとにもどった後、彼女は自ら望んでしがない鏡磨きの若者と結婚する。

父の死後、後任の魏博節度使は聶隠娘の腕を買って、身辺警備にあたらせ、かねて不仲の陳許《ちんきょ》（河南省東部）節度使劉昌裔《りゅうしょうえい》の暗殺を命じる。しかし、標的の劉昌裔は並々ならぬ人物であり、感服した聶隠娘はあっさり魏博節度使を見限り、劉昌裔の配下となる。それからというものは、魏博節度使が次々に送り込んで来る魔法使いの暗殺者と、秘術を尽くしてわたりあい、劉昌裔の命を守り抜く。こうして、これと見込んだ人物のために、悪しき者たちを排除した俠女、聶隠娘は、劉昌裔に夫のめんどうを見てくれるよう頼むと、一人いずこへともなく立ち去ったのだった。

ここに描かれる聶隠娘の姿は徹頭徹尾、公的な「俠の論理」の化身にほかならない。こうした超現実的な聶隠娘のイメージと呼応するかのように、元鏡磨きの夫もただ存在するだけで、まったく現実感がない。この夫はその実、聶隠娘が闘いの修羅場をくぐり抜けるための、「魔よけの鏡」を人間化したものにすぎないのではないかと思われるほどだ。

このように「俠女物語」の原型、聶隠娘のイメージが感情の揺らぎと無縁であるのに対し、はるか時代が下った十七世紀後半、清代初期に書かれた怪奇短篇小説集『聊斎志異《りょうさいしい》』（蒲松齢《ほしょうれい》作）に登場する俠女のイメージは、まことになまなましく、鮮烈である。ずばり「俠女」と題される、この短篇小説は以下のように展開される。

顧生《こせい》なる青年は人のために絵を描いたり文章を書いたりしながら、老母と二人で暮らしていた。そんなある日、向かいの貸家に病身の母親と美しい娘が引っ越して来る。やがて両家の間に往来が始まり、ちょうどいい相手だと思った顧生の母は、縁談を申し入れるが、娘は頑として承知しない。その後も両家の日常的な往来は続くが、娘は顧生に対して、あくまでも冷やかな態度を崩さない。しかし、その間、二度だけ娘がふいに婉然と顧生に好意を示し、夢かうつつか、二人は結ばれたことがあった。この二度のハプニングを除き、娘は顧生を無視しつづけたのだった。

やがて、娘の母が亡くなると、娘はひそかに男の子を生み、あなたの孫だからと、顧生の母にその子を託したあと、姿を消す。数日後、手に革袋を下げた娘が顧生のまえに姿をあらわし、ようやくそれまでの不可解な行動について説明する。実は父の仇を討つため、機会を狙っていたのだが、老母がおり、また、親切な顧生母子への置き土産にと、子供を生んだりしたために、遅くなったが、今やっと本望を遂げることができた、と。革袋の中身は、なんとその仇の首だったのだ。顧生は残念ながら夭折する運命だが、息子は恵まれた人生を送るだろうと言い残すと、彼女は身をひるがえし、あっというまに立ち去った。

ここに見られる侠女のイメージには、感情の起伏に乏しい聶隠娘とはまったく異質なものがある。聶隠娘が漠然たる公的な侠の論理によって行動するのに対し、『聊斎志異』の侠女はあくまで私怨、私憤によって動き、宿願の復讐を果たすのである。彼女は、「置き土産」だといい条、その実、顧生を愛し子供まで生みながら、復讐する侠女の宿命をまっとうした。復讐するにせよ恋するにせよ、『聊斎志異』の侠女が、いかにも濃厚なアクチュアリティを帯びているのは、彼女があくまで「私の位相」にこだわる存在として、描かれていることによる。

実は、この『聊斎志異』の「侠女」の物語には下敷きがある。唐代の志怪小説集『原化記《げんかき》』（皇《こう》甫《ほ》氏撰。原書はすでに散佚）に収められた「崔《さい》慎《しん》思《し》」（『太平広記』巻一九四収）の物語が、これに当たる。

科挙に合格したての崔慎思という人物が都長安で部屋を借りた。家主は三十すぎ、まだ独身の美女である。彼女に魅了された崔慎思は結婚を申し込むが、意外なことに、正妻にはなれないが、側室ならかまわないという返事だった。かくして二年余り、側室となった彼女は息子を生む。しかし、ある日、彼女は忽然と姿を消し、ふたたび崔慎思の前に現れたときには、右手に匕首《あいくち》を持ち、左手に男の生首をぶらさげていた。父の仇を討ったというのである。

ここまでの展開は大筋において、先の「俠女」とほぼ同じだが、結末は大いに異なる。側室は崔慎思に別れを告げいったん立ち去るが、すぐもどって来て、息子に最後の乳をやるのを忘れたという。奥へ入り、しばらくして出て来た彼女は、「赤ん坊も満腹しました。これでお別れします」というや、今度こそ本当に去って行った。それっきり泣き声もしないので、不審に思った崔慎思が見に行くと、なんと赤ん坊はすでに事切れているではないか。側室は心残りにならないよう、わが子を殺してしまったのだ。

この物語の末尾には、「いにしえの俠も、この側室の果断さには及ばないだろう」という賛辞が付されているが、なんともむごたらしい話である。『聊斎志異』の著者蒲松齢は、こうしたアルカイックな残酷さを捨象し、復讐と恋に燃えた俠女の姿を美しく描き上げたといえよう。

それはさておき、聶隠娘、崔慎思の側室、『聊斎志異』の俠女と、これまで見てきた俠女たちはすべて夫や恋人に愛されながら、けっきょく一人でいずこへともなく立ち去るという点では、共通している。しかし、南宋の洪邁《こうまい》（一一二三〜一二〇三）の手になる怪異短篇小説集『夷堅志《いけんし》』に収められた「解洵《かいじゅん》、妻を娶《めと》ること」（『夷堅志』補巻第十四）に登場する俠女は、これらとは異なり、愛する男に裏切られ、怒りを爆発させる。

北宋末、解洵は宋軍を率いて女真族の金《きん》軍と戦ったが、敗北して捕虜になり北方に拉致される。実家に帰った妻も金軍につれ去られ、行方不明になってしまう。数年後、隙を見て脱出した解洵は餓死寸前になったとき、義俠心に富む女性に救われ、やがて二人は結婚、ともども江南へ渡る。費用も危険な道中の備えもすべて新妻の負担であった。

江南に渡ったのち、解洵は南宋王朝の軍事責任者になっている兄と涙の再会を果たす。喜んだ兄はさっそく弟を推挙し、高位につけるとともに、これまでの労をねぎらい、若く美しい四人の腰元を贈り与えた。解洵は妻に気をかね、この贈り物を固辞しようとするが、妻は寛大にも「実の娘と思えばいいでしょう」と、受け取るよう勧める。

こうして、四人の美貌の腰元を側に置くようになった解洵は、だんだん妻を疎んじるようになった。ある日、とうとう妻は「昔の恩を忘れるなんて、男の風上にも置けないわ」ときつくなじった。そのとき、酒を飲んでいた解洵は酔った勢いで、妻に殴りかかり、「くたばりぞこないめ」などと口汚く罵った。怒った妻がすっくと立ち上がった瞬間、スーッと灯が暗くなり、冷たい風がサーッと吹きわたったかと思うと、ギャッと叫び声があがり、四人の腰元は恐怖のあまり気絶した。

しばらくして灯がふたたび明るくなったとき、床に首のない解洵の屍がころがっており、妻の姿は消えていた。事件を知った解洵の兄が八方手を尽くして捜索したけれども、彼女の行方は杳として知れなかった。

解洵の妻は超能力を有する俠女だった。彼女は苦境に陥った解洵を救い、全身全霊をあげて彼を愛した。にもかかわらず、彼女は手ひどく裏切られ、男を殺さざるを得ない羽目に陥る。やはり俠と恋は両立しなかったのである。

これは例外として、俠女物語のコンセプトでは、ヒロインの俠女はおおむね最終的に恋も愛も断ち切り、一人で闘う宿命を負った存在として描かれ、また、そうであるときのみ、そのイメージは冷たく澄んだ輝きを放つといえよう。

11 不在の恋

中国の詩には、妻や恋人への思いをあからさまに表現した作品はめったにない。ただ、愛する対象が不在となった場合はこのかぎりではなく、死者を祭ることを重んじる慣習にのっとり、「悼亡《とうぼう》詩」のスタイルをとって、亡き妻への思いのたけを歌い上げた例はめずらしくない。

「悼亡詩」の最初の詩人と目されるのは、西晋《せいしん》の潘岳《はんがく》（二四七～三〇〇）である。潘岳はその三首連作の「悼亡詩」において、妻を亡くした喪失感を、えんえんと歌い綴っている。たとえば、こんなふうに。

胸を霑《うるお》す　安《いず》くんぞ能《よ》く已《や》めん
悲懐　中《うち》より起こる
寝興《しんこう》にも目に形を存し

遺音は猶《な》お耳にあり　　　　　　　　　　　　　　　　　　（其の二）

「涙が胸を濡らすのをどうしてとめられよう。悲しみが体の奥深くから突き上げてくる。寝ても覚めても瞼の裏に亡き妻の姿がちらつき、その声がまだ耳に残っている」。

これはほんの一部だが、ここに端的に見られるように、潘岳は「悼亡詩」三首を通じて、見るもの聞くものすべてに亡き妻の面影を重ね合わせ、その永遠の不在を痛感しては、身も世もあらぬ悲嘆にくれる自らの姿を、執拗なまでに綿々と歌い上げている。

潘岳にはじまる三首連作の「悼亡詩」の形式はその後、長らく受け継がれ、多くのすぐれた作品を生んだ。唐の元稹《げんしん》（七七九〜八三一）、北宋の梅堯臣《ばいぎょうしん》（一〇〇二〜一〇六〇）清の王士禛《おうししん》の作品は、その代表的なものである。なかでも、梅堯臣の「悼亡」は、美的な暗示表現をこととする潘岳と異なり、その慟哭が聞こえて来るような、きわめてストレートな表現によって、亡き妻を哀悼した傑作にほかならない。梅堯臣の「悼亡」其の三にはこうある。

従来　倏短《しゅうたん》有り
豈《あ》に敢《あ》えて蒼天《そうてん》に問わんや
人間《じんかん》の婦《つま》を見尽くしたれど
如《か》くも美しく且《か》つ賢なるは無し
譬令《もし》　愚者は寿なりとなせば

何ぞ其の年を仮《か》さざる
此の連城の宝の
沈み埋もれて九泉に向かうに忍びんや

「昔から、人の寿命には長短があるのだから、天に文句を付けようとは思わない。今まで見たかぎり、世の人妻のうちで私の妻ほど美しく聡明な人はいなかった。もし愚者が長生きするというのなら、どうしてその寿命を彼女に貸してくれなかったのか。この連城の宝物（戦国時代、趙の文王が持っていた宝玉「和氏《かし》の璧《たま》」を指す。秦の昭王がこれを欲しがり十五の城との交換を申し出た。以来、すばらしい宝物を「連城の璧」と称する）が、黄泉《よみ》の国へ沈み埋もれていくことに、どうして耐えられよう」。

わが妻こそ世界で一番の美貌と知性の持ち主だったと断言するのだから、なんとももの凄い思い入れである。異性愛を秘め隠すことが美徳とされる伝統中国で、いくら相手がすでにこの世の人ではないとはいえ、これほど手放しで妻を称賛した梅堯臣の態度は、むしろ爽快だ。もっとも、梅堯臣は妻の死の二年後、早くも再婚した。彼は「新婚」なる詩のなかで、うっかり新妻を亡妻の名で呼んでしまったと記し、なかなか亡き人を忘れられないと述べてはいるものの、立ち直りはかなり早かったとおぼしい。

このように潘岳や梅堯臣は「悼亡詩」の形式で、愛妻を失った悲しみを自伝的に歌った。これに対し、中唐の大詩人白居易《はくきょい》（七七二〜八四六）の手になる長篇物語詩「長恨歌《ちょうごんか》」は、玄宗《げんそう》の寵愛を一身に受けながら、最終的に無残な死を遂げた楊貴妃《ようきひ》の運命を悼《いた》んで作られた、華麗なフィクションとしての「悼亡詩」と見ることもできよう。

漢皇《かんこう》　色を重んじて傾国を思う
御宇《ぎょう》　多年　求むれど得ず
楊《よう》家に女《むすめ》有り　初めて長成す
養われて深閨《しんけい》に在り　人　未《いま》だ識《し》らず

「漢の皇帝（玄宗にたとえる）は女性の美しさを重視し、国を傾けるような美女を得たいと、天子になってから長年探し求めたが、なかなか得られなかった。楊家に娘がおり、大人になったばかり。屋敷の奥深くで育てられていたため、誰もまだその存在に気付かなかった」。

この人口に膾炙する冒頭部分から、白居易は「長恨歌」において、玄宗との華麗な「恋」を経て、安禄山《あんろくざん》の乱の渦中で殺害され、天上世界の仙女となる幻想的な結末に至るまで、「楊家の女《むすめ》」すなわち楊貴妃のイメージを、終始一貫、美化し、その悲劇的軌跡を深い哀悼をこめて描き上げている。ここに鮮やかに浮き彫りにされた楊貴妃と玄宗の「悲恋」は、後世に大きな影響を与え、これを踏まえて、元曲『梧桐雨《ごとうう》』（白仁甫作）や清代伝奇（長篇戯曲）『長生殿』などが作られた。

しかし、その実、晩年の玄宗が美貌の楊貴妃に溺れて政務を放擲したために、政治的・社会的混

楊貴妃

乱が激化し、安禄山の乱がおこって唐王朝の屋台骨が揺らぐ結果になったのは、紛れもない歴史的事実である。人一倍、そうした政治や社会の問題に関心の深かった白居易が、これに気付かなかったわけはない。にもかかわらず、なぜ白居易はあえて歴史的事実を等閑視し、ひたすら楊貴妃と玄宗の関係を美化したのだろうか。

この点について、平岡武夫著「白居易とその妻」（朋友書店刊『白居易—生涯と歳時記』所収）に、すこぶる興味深い説が見える。これによれば、『長恨歌』執筆のころ、白居易はある女性に深く恋していた。彼女は当時の名門楊氏の一族であり、楊貴妃と同様「楊家の女」だった。このため、白居易は恋人のイメージを楊貴妃に投影したのではないかというのである。なるほど、そうであれば、社会派詩人の白居易があえて歴史的事実を無視してまで、徹底的に楊貴妃の擁護にまわり、死なせるに忍びず、物語世界で仙女として再生させた理由もわかる。ちなみに、白居易はまもなくかの「楊家の女」と結婚、この最愛の伴侶と生涯を共にした。愛妻楊氏は蒲柳《ほりゅう》の質《しつ》で若い頃は病気がちだったが、年を経るとともに元気になり、老年に至り体の弱った白居易をかいがいしく看護、七十五歳で白居易がこの世を去るとき、しっかりその最期を看取ったという。おかげで、白居易は自伝的「悼亡詩」を作らずにすんだわけだ。

自らの恋と重ね合わせながら、白居易は中国文学史上に燦然と輝く「長恨歌」を作り、玄宗と傾国の美女楊貴妃の恋ものがたりを不朽のものとした。ここに今ひとり、恋人を失った悲しみに耐えず、帝位を投げうったという恋の伝説に彩られた皇帝が存在する。満州族の王朝、清の第三代皇帝順治《じゅんち》帝（一六四三～一六六一在位）である。

白居易（『三才図会』）

明清交替期に六歳で即位した順治帝は、当初は辣腕の叔父ドルゴンの傀儡にすぎなかった。しかし、彼はもともとすこぶる有能であり、順治七年（一六五〇）、ドルゴンが病死するや、たちまち主導権をとりもどし、以後、中国を支配してまもない清王朝の舵取りを鮮やかにやってのけた。董妃《とうひ》はそんな孤独な若き皇帝順治帝の心の支えだった。しかし、彼女は順治十七年（一六六〇）、あえなくこの世を去り、その翌年、順治帝も後を追うように死ぬ。時に、順治帝二十四歳。

このあまりにも早すぎた死は、一つの伝説を生む。実は、順治帝はこのとき死んでおらず、董妃を失った悲しみのあまり、帝位を捨ててひそかに出家、五台山に入ったというものだ。順治帝の後継者となった息子の康熙《こうき》帝がしばしば五台山を訪れたのは、実は父と会うためだったともいう。これは、むろん荒唐無稽な作り話である。しかし、政治優先・権力重視の風土において、永遠に失われた恋人のために、思い切りよく帝位を捨てた順治帝の伝説は、憧憬を込めて、今なお連綿と語り継がれている。

12 英雄たちの恋

十四世紀中頃、羅貫中《らかんちゅう》によって集大成された長篇小説『三国志演義』には、曹操・劉備・孫権をはじめ、無数の英雄・豪傑が登場する。一見、戦うばかりで、恋とは無縁な無骨者ぞろいだが、恋の虜となった英雄・豪傑もいないわけではない。その筆頭にあげられるのは呂布《りょふ》である。

恐るべき武勇の持ち主呂布は、并州《へいしゅう》刺史丁原《ていげん》に仕えていたが、後漢の首都洛陽に侵入し権力奪取を図った董卓《とうたく》にそそのかされて、丁原を殺し、董卓の養子になった。呂布を得た董卓は鬼に鉄《かな》棒《ぼう》、ますます猛威をふるうようになる。ここに登場するのが、後漢王朝の重臣王允《おういん》の歌妓貂蟬《ちょうせん》である。父と慕う王允の意を受けた貂蟬はその美貌を武器に、董卓と呂布の仲を引き裂き、恋の鞘当てを演じさせる大芝居にとりかかる。

そんなこととは露知らぬ呂布は、王允の屋敷で一目、貂蟬を見た瞬間から、たちまちその美貌に魅せられて、頭に血が上り、彼女の言葉を鵜呑みにして、とどのつまり養父の董卓を殺害するに至る。呂布は剛勇無双の反面、およそ知的とはいいがたい単純な人物だったのである。

董卓は滅ぼしたものの、その部将の李《り》傕《かく》・郭《かく》汜《し》が洛陽に侵入して狼藉をはたらくなど、その後、事態はますます紛糾する一方だった。この混乱のなかで、王允は殺されるが、呂布は辛うじて洛陽を脱出する。これ以後、呂布は各地を転戦し、曹操や劉備とはげしい攻防を繰り返して、勇名を轟かせたものの、建安三年（一九八）、曹操に滅ぼされ、早々と『演義』世界から退場してしまう。

呂布が養父の董卓を殺してまで我が物にしたいと思いつめた貂蟬は、その後どうなったか。『演義』の物語展開では、彼女は呂布が洛陽を脱出してから曹操に滅ぼされるまでの数年間、呂布と行をともにしたとされる。董卓と呂布の相打ちを狙った美女貂蟬も、ついに荒くれ武者呂布の「恋の純情」にほだされたというべきか。

貂蟬（稀世綉像珍蔵本『三国演義』）

それにつけても、『演義』第十九回の叙述はなかなか意味深長である。ここには、下邳《かひ》の居城を曹操軍に包囲されたとき、軍師陳宮《ちんきゅう》が出陣して遠征の曹操軍と戦うべきだとつよく主張したにもかかわらず、呂布は正妻の厳氏《げんし》（正妻はいたのだ）と、「私のことを考えて、どうか軽装備で出陣したりなさらないで」とひきとめる貂蝉の哀願に心を揺さぶられて、ついに出陣せず、むざむざ滅んでいったと、記されている。こうして貂蝉は最終的に呂布の足を引っ張り、地獄の底に突き落として、宿願を果たしたのか。それとも、ともに過ごした歳月のなかで、貂蝉はいつしか呂布を愛するようになり、命懸けの戦いをするために戦場に出ようとする彼を、ただやみくもにとめただけなのか。

呂布（稀世繍像珍蔵本『三国演義』）

　両様の解釈が可能であるけれども、猛々しい荒武者にしては、はなはだ間が抜けており、妙に憎めないところのある、恋する英雄呂布のために、後者の解釈をとりたいと思う。呂布の見せ場をふんだんに設け、その剛勇ぶりを言葉を尽くして活写する『演義』の作者が、わざわざ呂布の最期を前に、ほとんど唐突に貂蟬を登場させた意図も、おそらくここにあったのではなかろうか。早々と退場する超人的な猛将呂布への、せめてものはなむけとして。

『演義』世界で、今ひとり愛する女性のために乾坤一擲《けんこんいってき》、大きな決断をした人物がいる。呉の孫権の天才軍師周瑜《しゅうゆ》である。

周瑜（『増像全図三国演義』）

建安十三年（二〇八）、北中国を制覇した曹操は、天下統一をめざし、大軍を率いて怒濤の南下を開始、当時、荊州《けいしゅう》に身を寄せていた劉備を蹴散らした。絶体絶命の危機に陥った劉備は、その前年、「三顧の礼」によって迎えた軍師諸葛亮《しょかつりょう》を、呉の孫権のもとに派遣し、対曹操同盟を結ぼうとする。孫権自身は曹操との対決を説く諸葛亮の提案に大いに乗り気だったが、重臣の間では曹操に降伏したほうが得策だとする意見がつよく、なかなか結論が出せない。そこで孫権は亡兄孫策の盟友にして、孫権政権きっての実力者周瑜の意見を聞き、最終的な決定を下すことにした。

『演義』第四十四回には、周瑜を曹操との決戦に踏み切らせるべく、諸葛亮と魯粛《ろしゅく》（孫権政権の主戦論者）が周瑜のもとを訪問した顛末が、委曲を尽くして描かれている。周瑜が降伏論に傾斜していると見た諸葛亮は巧妙無比の弁舌をふるい、周瑜の急所をぐいぐい攻め立てた、呉には「二《に》喬《きょう》」と呼ばれる美貌の姉妹がおり、孫権の亡兄孫策が姉の大喬《だいきょう》を、周瑜が妹の小喬《しょうきょう》を妻としていた。人間心理を読むことに長けた諸葛亮は、この周瑜の愛妻に目を付け、説得工作を展開したのである。

このとき、諸葛亮は、曹操が南下した目的はただ一つ、「二喬」を獲得して、鄴《ぎょう》（河北省臨漳《りんしょう》県の西南）に建造した楼閣「銅雀台《どうじゃくだい》」に住まわせ、楽しみを尽くすことにあるのだから、「二喬」を渡しさえすれば、曹操はたちまち北へ帰るだろうといい、曹操の二男の曹植《そうしょく》の作った「銅雀台の賦《ふ》」の一節を引き合いに出した。その一節とは、

二喬（『増像全図三国演義』）

二喬を東南に攬《と》り
朝夕《ちょうせき》に之《とも》与《な》うことを楽しむ

というものである。これを聞いた周瑜は逆上して、「老いぼれめ、人をばかにするにもほどがある」と曹操を罵倒するや、たちまち戦う決意を固める。かくして、翌日、重臣会議の席上で、周瑜は滔々と主戦論を述べたて、これに力を得た孫権は曹操との全面対決を宣言するに至る。諸葛亮に

挑発されて、愛妻に懸想する曹操への怒りを爆発させた周瑜は、まもなく「赤壁《せきへき》の戦い」において、わずか二万の軍勢を以て、曹操の百万の大軍をこっぱみじんに撃破、曹操を北へ追い返したのだった。

諸葛亮に肩入れする『演義』の物語世界では、ライバルの周瑜は完全に戯画化されており、ここにあげた場面でも、はなはだ道化的であることはいうまでもない。正史『三国志』によれば、周瑜は徹頭徹尾、曹操との対決路線を主張しつづけた、筋金入りの主戦派であり、降伏論に傾いたあげく、諸葛亮の口車に乗って、妻への愛のために主戦論に転向することなどありえない。ちなみに、諸葛亮が引き合いに出した一節も、現在伝わる曹植の「銅雀台の賦」には見えず、『演義』の作者が付加したものとおぼしい。

もっとも、曹操が二喬を狙って南下した、という伝説は、九世紀中頃の晩唐には、すでに広く流布していたらしく、杜牧《とぼく》の絶句「赤壁」にも、次のように見える。

東風　周郎の与《ため》に便ならざれば
銅雀　春深く二喬を鎖《とざ》さん

「あのとき、東風が周瑜のためにつごうよく吹いてくれなかったら（周瑜が赤壁でとった火攻め作戦が、折から吹き出した東南の風に助けられて、大成功したことを指す）、二喬も春深い銅雀台に閉じ込められたことだろう」。

周瑜は軍事的才能のみならず、酒宴で酔ったときでさえ、楽団が演奏を間違うと、必ず振り返ったために、「曲に誤りあり、周郎顧みる」と謳われるほど音楽的才能があり、容貌もきわだってすぐれていた。美貌の喬（橋）姉妹のうち、姉の大喬（橋）を孫策が、妹の小喬（橋）を周瑜が娶ったのも史実である（『三国志』「呉書」周瑜伝）。このように史実に見える、いかにもかっこうのいい英雄周瑜のイメージから、いつしか曹操が周瑜の美貌の妻を狙って南下したという伝説が生まれ、流布していったのであろう。『三国志演義』は巷間に流布するこの伝説を巧みにアレンジし、愛妻家周瑜の戯画化をはかったのである。

『三国志演義』に登場する英雄のうち、呂布と周瑜の二人はいずれも重要な局面において、愛する女性のために決断し行動した稀有の存在といえよう。しかし、呂布は貂蟬への恋を契機として、けっきょくは身を滅ぼす羽目になり、多分に戯画化されているとはいえ、周瑜は小喬への愛のゆえに、曹操を撃破して江南を保ち、新たな時代を切り開いた。二人の英雄の恋は、こうしてくっきり明暗を分かったのである。

怪異の巻

1　器物の怪

儒教の祖孔子《し》は、「子は怪力乱神を語らず」と、超自然的・超現実的な事象には関わらない態度を、きっぱりと表明した。しかし、「鬼神《きしん》は敬してこれを遠ざく」とも述べているように、けっしてこうした事象じたいを否定したわけではない。孔子は人間世界が不条理な深い闇を内包していることを、誰よりも痛切に認識していたために、逆に「もっと光を」と合理を求めつづけたのかも知れない。

しかし、孔子の非合理・不条理への禁欲の勧めも、中国人の度はずれな非現実志向、端的にいえば怪異志向に、歯止めをかけることはできなかった。古代から底流として脈々と受け継がれて来た中国人の怪異志向は、三世紀初頭に始まる三国六朝《りくちょう》時代に「志怪《しかい》小説」として顕在化し、以来、十九世紀の清末に至るまで、無数の文人の手でおびただしい怪異譚・怪異小説が作られつづけてゆく。

なにしろ一五〇〇年にわたり連綿と書き継がれて来たのだから、中国の怪異小説のジャンルには、幽霊、狐をはじめとする動物の妖怪変化はいわずもがな、考えられるかぎりの妖怪変化が登場する。日常生活で用いられる器物だってバカにはできない。これもりっぱに「化ける」のだ。

器物の妖怪、すなわち器怪《きかい》は、東晋《とうしん》（三一七〜四二〇）の史官干宝《かんぽう》の手になる『捜神記《そうしんき》』にすでに顔を見せている。

魏《ぎ》の景初《けいしょ》年間（二三七〜二三九）、王臣という人物の家で、誰もいないのに拍手の音がしたり、話し声がするなど、怪事件があいついだ。あるとき、王臣の母が枕をして寝ていると、ふいに竈《かまど》の下から、「どうしてこっちへ来ないのかい」と呼ぶ声がした。すると、頭の下の枕が答えていうには、「今、枕にされているんで、そこへ行けないんだ。君がこっちへ来て、いっしょに飲もうよ」。朝になり、竈の下を見たら、そこにはなんとシャモジがあった。そこで、枕とシャモジをいっしょに焼いてしまったところ、以後、怪事件は起こらなくなった（『捜神記』巻十八）。

器怪といっても、この枕とシャモジは人間に祟るわけではなく、化け物同士のんきに遊び戯れるだけで、むしろユーモラスな存在だ。このほか、『捜神記』には祟るどころか、逆に人間に幸いをもたらす器怪も登場する（巻十八）。

魏郡の張奮《ちょうふん》は財産家だったが、なぜか急に没落し、屋敷を別の人物に売った。ところが、引っ越して来てまもなく、家族全員が病気になったために、この人物は気味が悪くなり、隣家の何文《かぶん》に転売した。

何文は勇敢な男だったので、引っ越しに先立ち、北座敷の梁《はり》に上って、下のようすをうかがってみた。すると、真夜中にあいついで、「細腰《シーヤオ》！」と怒鳴りながら、三人の大男があらわれ、姿の見えない細腰と言葉を交わしてから、出て行った。最初の男は黄色の服、二人目は青い服、三人目は白い服を着ており、そろって高い冠をかぶっていた。

明け方、何文は梁から下りて、「細腰」と呼びかけ、三人の大男の素性をたずねた。妖怪仲間だと勘違いした細腰は、黄色の服の男は「金」で「座敷の西壁の下」におり、青服は「銭」、白服は「銀」でこれこれのところにいると、すんなり教えてくれた。「そういうおまえは誰だ」と聞くと、細腰は「私は杵《きね》です。竈の下にいます」と答えた。

ピンときた何文が杵の妖怪「細腰」に教えられた場所を掘ってみたところ、なんと金銀あわせて五百斤、銭一千万貫の莫大な埋蔵金が出て来たではないか。そこで、竈の下の杵を燃やし、埋蔵金をそっくりわが物にしたのだった。

頭のまわる何文は、化け物屋敷の見張り役である杵の妖怪を騙して、大金持ちになった。この話に登場する器怪は、むしろ人間に利用される可哀想な存在にほかならない。

総じて『捜神記』に出現する器怪は、上記のようにユーモラスだったり哀れだったり、悪戯《いたずら》はしても、とても祟るところまではいかない。しかし、時代が下るとともに、器怪の霊力も強まり、なかには人間に祟るものも出現する。唐代の伝奇小説集『集異記《しゅういき》』（薛用弱《せつようじゃく》著）に、こんな話がある。

劉玄《りゅうげん》という人物の前に、ある日、黒い騎服を身に着けた獰猛な男がぬっと現れた。顔はのっぺらぼうで目も鼻もない。ぞっとした劉玄が占い師に見てもらうと、占い師はいった。「それはあなたの家の古い器物が、年を経て妖怪になり、人を殺そうとしているのです。すぐ始末しなければ危険です」。そこで、劉玄は勇気をふるって、妖怪を縛り、たたき斬った。そのとたん、妖怪はたちまち正体をあらわした。なんとそれは、劉玄の祖父が愛用していた古い枕だった。

この話は、唐以前の怪異譚を網羅した北宋の類書（百科全書）『太平広記』（五百巻。九七八年完成）に収められたものである（巻三六八）。ちなみに、『太平広記』の巻三六八から巻三七三には、「精怪」すなわち器物の妖怪にまつわるおびただしい話が収録されている。

日本では、古い器物の妖怪化したものを「付喪神《つくもがみ》」と呼ぶが、『太平広記』に見える「精怪」のほとんどを占めるのも、この付喪神である。使い古され捨てられた、枕、箒《ほうき》、杓《しゃく》、杵、鍋、釜、桶《おけ》、碓《うす》、燭台、壺、酒瓶《さけがめ》、筆、扉、車輪等々が、年を経て霊力をもち、さまざまな怪異現象を引き起こすのだ。このなかには、先にあげた古い枕のように、怨念の塊と化して人間に祟りをなすものもあれば、霊力を浄化し、悠々自適の器怪生活を楽しむものもある。

たとえば、唐代伝奇「李楚賓《りそひん》」（薛用弱著『集異記』。『太平広記』巻三六九収）に見える、廃屋に放置された「から臼のもたれ木」の器怪は、祟る妖怪そのものだ。それは夜な夜な巨大な鳥と化し、近くの家の屋根にとまっては、嘴で屋根をつつく。すると、下の部屋にいる老夫人が痛みのあまり絶叫し、だんだん衰弱してゆく。

これとは対照的に、同じく唐代伝奇の「元無有《げんむゆう》」（牛僧孺《ぎゅうそうじゅ》著『玄怪録』。『太平広記』巻三六九収）には、いかにも風雅な器怪が登場する。元無有という人物が空き家で雨宿りをしていると、広間の方で声がする。見れば、風変わりな服装をした四人の男が楽しそうに語り合い、詩を競作している。いずれもすばらしい出来栄えだ。翌朝、広間を見渡すと、古い杵、燭台、水桶、こわれた釜が転がっているだけ。風雅な四人の男は、これらの器怪だったのだ。

以上のように、唐代伝奇までは祟る器怪と祟らない器怪が共存し、おのおの強烈な妖気や霊気を発散している。しかし、宋代以降の怪異小説では、器怪を扱った話柄そのものが減少し、とりわけ祟る器怪はすっかり影をひそめる。

南宋の洪邁《こうまい》（一一二三〜一二〇三）の大怪異譚集『夷堅志《いけんし》』にも、器怪の話はほとんど見えず、わずかに「伊陽《いよう》の古瓶《ふるがめ》」（『夷堅甲志』巻十五）があげられるくらいだ。この話では、土中から掘り出した古い瓶に霊力が宿り、熱い湯を入れておけば、いつまでも冷めないとされる。まさしく魔法瓶だ。

『捜神記』のユーモラスな器怪を皮切りに、中国の怪異ものがたりの系譜において、しだいに霊力を強め、唐代伝奇でピークに達した器怪も、こうして宋代以降、衰退の一途をたどる。その結果、清初、蒲松齢《ほしょうれい》（一六四〇～一七一五）が著した『聊斎志異《りょうさいしい》』に至るや、器怪として「自立」することすらできなくなってしまう。

なるほど『聊斎志異』にも、猛々しい夜叉《やしゃ》さえすっぽり呑み込んでしまう魔法の皮袋（巻一「青鳳」）や、どんな堅固な岩や壁もくり抜く神秘な鋤《すき》（巻七「青蛾」）など、一見、器怪を思わせる器物が描かれてはいる。しかし、『聊斎志異』に出現する、これらの不思議な器物は、それじたい「付喪神」と化し、霊気を帯びるに至ったのではなく、超能力者の仙人や道士の手で霊気を付与されたものであるところに、大きな特徴がある。

古びた器物に霊気や妖気を感じ、恐れおののいた人物の怪異幻想が生んだ器怪は、こうして時代の変化とともに衰退し、いつしか消滅していった。妖怪変化の世界も絶えず時間の波にさらされ、時代後れの妖怪は淘汰されるということであろうか。

2　花の怪

樹木や草花にまつわる怪異な話は枚挙に暇がないが、より古層の話にはグロテスクなものが多いように思われる。東晋の干宝著『捜神記』（巻十八）にこんな話がある。

三国時代、呉の建安太守の陸敬叔《りくけいしゅく》は部下に命じて、大きな樟樹《くすのき》を切らせた。斧を入れると、樹からタラタラと血が流れ出したが、部下は不気味さをこらえ、ようやく切り倒した。その瞬間、樹の中心部から、顔は人間、体は犬の怪物が飛び出して来た。陸敬叔は、「これぞ木の精の『彭公《ほうこう》』だ」といい、さっそく捕まえて食べてしまった。

恐れ気もなく、異形の木の精を食べてしまうのだから、なんとも大した悪食《あくじき》ぶりである。総じて、『太平広記』の「木怪」の項に収められた、六朝志怪小説の樹木の怪異譚はこれと同工異曲、はなはだグロテスクだ。

しかし、時代が下り唐代伝奇になると、こんな古拙でグロテスクな木怪は影をひそめ、艶なる花の怪すなわち「花妖《かよう》」を描く話柄がふえてくる。たとえば、唐代伝奇集『集異記』(薛用弱著)に、次のような哀切な話がある。

兗州徂徠山《えんしゅうそらい》(山東省)の光化寺に、一人の書生が身を寄せ、日夜、勉学に励んでいた。夏のある日、書生の前に忽然と白衣の美女が出現し、二人はたちまち結ばれた。しかし、書生がどんなに引き留めても、美女は再会を約し、ひとまず立ち去ろうとする。そこで、書生は愛の証しに白玉の指輪を贈り、彼女を見送ろうとするが、「家の者に見られると困ります」と断られてしまう。やむなく書生は寺の門楼に登り、柱のかげに身を隠しながら、その行く先を確かめた。すると、不思議にも彼女の姿は寺から百歩ほど離れた草原のなかに、吸い込まれるように消えてしまった。

慌てて門楼を下り、彼女が消えた地点をくまなく探したけれども、何の痕跡もない。諦めて帰ろうとしたとき、草原のなかに一輪、馥郁《ふくいく》と咲き香る白百合が目に入った。あまりの美しさに掘りおこしたところ、根の太さは一抱えもある。これを持ち帰って見れば、重なった花びらはすでに枯れ、なんとそのなかに白玉の指輪が置かれているではないか。書生は白衣の美女が白百合の精だったことを悟り、悲嘆に暮れて病気にかかり、十日後、この世を去った。

こうして白百合の精たる花妖と書生の恋は、見送らないでほしい(正体を知らないでほしい)と花妖が課したタブーを、書生がむげに破ったために、悲しい結末を迎えた。このように人間が、この世ならざる存在である、花妖の素性を突き止めようとしたばかりに、せっかくの関係性を壊してしまうというパターンは、この種の物語に広く見られるものだ。ずっと時代が下った清初、蒲松齢が著した『聊斎志異』（巻四）に見える「葛巾《かつきん》」の話も、基本的にこのパターンを踏襲する。

洛陽の牡丹マニア常大用《じょうたいよう》は、曹州《そうしゅう》（山東省）の牡丹がすばらしいと聞き、一度見たいと思っていたところ、おりよく曹州に行く用事ができた。到着後、彼は牡丹で有名な庭園の主のもとに滞在し、ひたすらその開花を待った。牡丹の蕾《つぼみ》が膨らみはじめたころ、庭園を散歩していた常大用は、老女を連れた絶世の美女を見かけ、一目惚れしてしまう。

だが、近づきになる手だてもみつからず、悶々と日を送る彼の前に、突然、壺を手にした老女があらわれ、「このなかに家の葛巾お嬢さまが調合された鴆毒《ちんどく》（鴆鳥の羽を浸した毒酒）が入っています。すぐ飲みなさい」という。常大用は仰天したが、あの美女の命令とあらば、毒酒を飲んで死んでも本望だと、一気にこれを飲み干したところ、意外にも頭がすっきりし、気分も爽快となる。実はこれは、美女葛巾が常大用を試したのだった。

こうして常大用が死ぬほど自分を思いつめていることを確かめた葛巾は、曲折はあったものの、やがて彼と結ばれ、駆け落ちを決行することになる。駆け落ちの費用はすべて葛巾が不思議な方法で調達した。何十回も地面に簪《かんざし》を突き刺し、その箇所を常大用に掘らせたところ、どっさり銀子《ぎんす》の入った壺が出て来たのである。

かくて曹州を後にした二人は、洛陽の常大用の家で同棲を始める。大用の家族や隣人は、てっきり彼らが曹州で婚礼をあげたものと思い込み、不審も抱かなかった。

さて、常大用には大器という弟がおり、たまたま結婚後わずか一年で妻に先立たれた。葛巾は常大用もみかけたことのある、自分の美しい義妹玉板《ぎょくばん》を大器の妻にしてはどうかと言い出し、手際よく彼女を呼び寄せて結婚させてしまう。以後、強盗が押し入ったとき、葛巾と玉板が毅然たる態度で強盗を威嚇して撃退、ただ者ならぬ風情を見せた事件以外、これということもなく、二組の夫婦は幸福な生活をつづけ、やがて姉妹はそれぞれ息子を生む。

そうなると、常大用は妻の素性が知りたくてたまらなくなる。そこで、母は「曹国夫人」という称号をもつ人だと、葛巾が漏らした言葉を手掛かりに、大用は二人が出会った曹州へ出向き調べてみることにする。その結果、「曹国夫人」とは曹州随一と称される牡丹の名花だということが判明する。しかも、「曹国夫人」は、「葛巾紫」と呼ばれる種類の牡丹だとのこと。さては、妻は花妖だったのか。

洛陽にもどった常大用がそれとなくこの話を持ち出したところ、葛巾はさっと顔色を変え、「もういっしょにはいられないわ」といったかと思うと、義妹の玉板を呼び、それぞれ自分の子供を庭にめがけて放り投げた。地面に落ちた瞬間、子供は消え失せ、同時に葛巾と玉板の姿も消えた。常大用は後悔したが、もはや後の祭り。その後、子供が落ちたあたりに二株の牡丹が花開いた。一つは紫、一つは白い花だった。これ以後、二種の牡丹はふえつづけ、常家の庭は洛陽きっての牡丹の名所になったという。

物語構成は先述の『集異記』の花妖譚に比べて、はるかに複雑巧妙になっているが、人間がタブーを犯し、花妖の正体を突き止めようとした瞬間、両者の関係性が崩壊するというパターンは変わらない。もっとも、単独であらわれ単独ではかなく消えていった『集異記』の百合の花妖とは異なり、『聊斎志異』の牡丹の花妖、葛巾は仲人役を演じて義妹まで嫁がせてしまうのだから、妙にまめまめしく現実的だ。清代に至るや、花妖の世界にまで、中国的家族主義が浸透したというべきか。ちなみに、『聊斎志異』には、菊の花妖と人間の共生を描いた「黄英《こうえい》」（巻四）という物語もあるが、ここでも菊の花妖は姉弟で登場する。

花妖が集団で登場する話といえば、唐代伝奇の「崔玄微《さいげんび》」（谷神子《こくしんし》著『博異志』収）を下敷きにしながら、もの狂わしい花癡《かち》（花マニア）の姿を描いた、十七世紀初め、明末の白話短篇小説「灌園《かんえん》叟《そう》、晩《ひぐれ》に仙女に逢うこと」（憑夢龍《ふうぼうりゅう》編『醒世恒言《せいせいこうげん》』第四巻）をあげないわけにはいかない。詳しくは拙著『中国のグロテスク・リアリズム』（平凡社刊）「仙人の話」を参照されたいが、ここには、命懸けで花を愛し育てる老人が苦境に立ったとき、花々がいっせいに花妖と化して、老人の敵に襲いかかり、その息の根を止めてしまう顚末が、なまなましいタッチで描かれている。

花妖に救われた老人は、以後、花を食べつづけてみるみる若返り、やがて愛する花園もろとも抜《ばっ》宅《たく》上昇（自分の肉体のみならず、住まいもろとも天上の仙界にのぼること）して、めでたく仙人となるというのが、この物語の結末である。こうして花の仙人誕生の経緯を描きながら、この物語には、不気味な力を秘めた花妖なるもののイメージが、実に鮮烈に描き出されている。

それぞれに美しく咲き誇る花。清楚な白百合、華麗な牡丹、芳醇な香りを発散する菊。こうした花々の美に魅せられているうち、みるみる現実と幻想の境が溶けはじめ、忽然と妖《あや》かしの花の怪が出現する。ここにあげた花妖の物語は、そんな花と人の、ほとんどエロス的な交感のなかから生まれたものといえよう。

3　虎の怪

中国の怪異ものがたりに、もっともよく登場する動物は、いうまでもなく狐である。しかし、狐は人間に変身するのが習いであり、その逆、つまり人間が狐に変身した話は、ついぞ聞かない。これに対し、人間が虎に変身した話は、中島敦の傑作「山月記」の下敷きになった、唐代伝奇「李《り》徴《ちょう》」(張読著『宣室志《せんしつし》』収)をはじめ、枚挙に暇がないほどである。六朝志怪小説集『斉諧記《せいかいき》』(劉宋、東陽無疑《とうようむぎ》著)に見える「呉道宗《ごどうそう》」(『太平広記』巻四二六収)の話は、その早い例である。

東陽《とうよう》郡太末《たいまつ》県(浙江省)に住む呉道宗は父を失い、母と二人暮らしだった。ある日、道宗が外出したあと、呉家で不審な物音がするので、隣人がのぞくと、室内に道宗の母の姿はなく、代わりに黒い斑《まだら》の虎がいるではないか。さては虎に食われたかと、村人を集め、救助に駆けつけたところ、虎はどこにもおらず、ただ道宗の母が座っているだけ。拍子抜けした一同が去ったあと、帰って来た道宗に向かって、母は意外な告白をした。前世の罪業により、自分は虎に変身する定めなのだと。この一か月後、虎と化した母は県内を荒らし回り、ついに矢で射殺《いころ》されたのだった。

これは、仏教的な因果応報の色彩が濃厚な説話であるが、次にあげる唐代伝奇「郴州《ちんしゅう》佐史」(『五行志』。『太平広記』巻四二六収)になると、ある日突然、虎に変身した人間の姿が描かれる。

唐の長安年間(七〇一〜七〇四)、郴州(湖南省)のある役人が病気のせいで虎になり、兄嫁を食べてしまった。みんなで捕まえ、木にくくりつけておくと、数日後、やっと人間の姿に立ちもどった。その話によれば、虎にはなったが、新米なので、虎仲間で課せられたノルマが達成できず、それでつい手近な兄嫁を襲ったということだった。

なんともとぼけた話だが、兄嫁を食い殺したのだから、非倫理的なことおびただしい。これとは対照的に、清初、蒲松齢の著した『聊斎志異』(巻七)の「向杲《しょうこう》」には非常に倫理的な変身虎が登場する。

向杲の兄は恋敵《こいがたき》に殺された。これを恨んだ向杲は毎日、刀を懐に復讐の機会を狙っていた。あるとき雨に濡れながら、山道で待ち伏せしていた向杲の前に、道士があらわれ、「これと着替えなさい」と木綿の服を差し出した。これを身に着けると、体に毛がはえ、虎になっていた。虎になった向杲は翌日、そこを通りかかった憎い敵にとびかかり、その頭を噛みきり食べてしまった。かくて、兄の復讐を果たした向杲はふたたび人間の姿にもどったのだった。

先にあげた六朝志怪や唐代伝奇の変身虎の場合、ある日突然、虎に変身し、制御しがたい「野性の呼び声」に突き動かされて、人間に害をなす例がほとんどである。しかし、ずっと時代が下った『聊斎志異』のこの話になると、兄の敵討ちという明確な倫理的目的のために、変身虎が誕生する物語展開になっている点が、前者と大いに異なる。

また、先の二つの話では、いずれも人間の体そのものが虎に変わったのに対し、『聊斎志異』の話では、「木綿の服」を身に着けると、虎に変身したとされている点も注目される。実は、物語世界で人間が虎に変身する方法は、六朝志怪いらい、体そのものが変身するケースと、「虎の皮」をかぶって変身するケースの二種類が見られる。『聊斎志異』の変身法は、後者すなわち「虎の皮」型の変形といえよう。

虎は融通無碍《むげ》であり、今あげたいくつかの例のように人間が虎に変わる話もあれば、逆に虎が人間に変身する話もある。たとえば、唐代伝奇集『原化記《げんかき》』(皇甫《こうほ》氏著)に収められた「天宝選人《てんぽうせんじん》」には、美女に化けた虎が登場する。

天宝年間(七四二〜七五六)、ある男が科挙受験のために都へ行く途中、山寺に泊まった。翌朝、境内をぶらついていると、裏庭のボロ小屋に美少女が虎の毛皮をかぶって眠っているではないか。男がこっそり毛皮を隠すと、少女は驚いて飛び起きた。これが縁で二人は結ばれ、いっしょに都へ向かう。その後、男は試験に合格、官吏となる。かくして数年、数人の子供が生まれ、順調な日々が続く。

やがて男は転勤することになり、妻子を連れて赴任する途中、妻と会ったあの寺に泊まった。つい男が初めて出会ったときのことを話題にすると、妻は急に怒りだし、「私は人間ではない。どこに虎の皮を隠したのか」と迫る。気圧《けお》された男が隠し場所を告げると、妻はそこへ駆けつけて虎の皮を取り出し、パッと体にまとった。その瞬間、妻は巨大な虎に変身し、林の奥へと消え去った。仰天した男は残された子供を連れ、悄然と任地に向かったのだった。

この話が「羽衣伝説」と同じ構造をもつことは、容易に見て取れよう。羽衣ならぬ虎の皮であるところが、なんとも粗野《バーバラス》ではあるけれども。これと同工異曲の話は唐代伝奇にいくつか見えるが、いずれも「虎の皮」をぬげば人間になり、身に着ければ虎にもどるというのが、ほぼ共通したパターンである。こうして見ると、虎が人間に変身する場合には、だいたい羽衣伝説のヴァリエーションである「虎の皮」型をとるといえそうだ。

虎の変身譚は見てのとおり、人間が虎になる場合も、反対に虎が人間になる場合も、概して凄惨な結末になるものが多い。なんといっても、現実の虎は人間を食らう恐るべき異類なのだから、血なまぐさくも凄惨なイメージがつきまとうのは、当然といえば当然であろう。

もっとも、虎の怪異譚は上記のような恐ろしいものばかりではない。やさしい虎、愛すべき虎の姿を描いた話もけっして少なくない。たとえば、唐の張鷟《ちょうさく》著『朝野僉載《ちょうやせんさい》』（巻二）に見える話には、こんな虎が描かれている。

越州《えっしゅう》（浙江省）の県知事、傅黄中《ふこうちゅう》の部下の一人が真夜中、泥酔して山中を歩き、崖っぷちで眠り込んでしまうと、ふいに虎があらわれ、眠っている男の臭いをかいだ。そのとき、虎のひげが男の鼻に入ったため、男は大きなクシャミをした。虎はびっくりして崖から転がり落ちた拍子に、腰を痛めて動けなくなり、とうとう人に捕まってしまった。まったく可哀想なほど、ドジで間抜けな虎ではある。

　このほか、足にささったトゲを抜いてもらったために感謝感激、その恩人にせっせと獲物を運ぶ、いじらしくも義理堅い虎や、離れ離れになった夫婦を再会させたり、恋の仲立ちをしたりする粋な虎も、唐代伝奇以降、しばしば物語世界に登場する。そんななかで、ことにおもしろいのは、唐代伝奇『広異記《こういき》』（戴孚《たいふ》著）に見える話を下敷きにしながら、清初、王士禛《おうししん》（一六三四〜一七一一）が記した「義虎」（『池北偶談《ちほくぐうだん》』巻二十収）の物語である。

汾州《ふんしゅう》（山西省）に住むある樵《きこり》は、山中を歩いているうち、誤って深い虎の穴に落ちてしまった。そこには二頭の子虎がおり、親虎が餌を運んで来る。樵はもうダメだと観念したが、意外にもこの親虎は餌の残りを樵に分けてくれた。こうして一か月余り、親虎と心が通い合うようになった樵は、虎に頼んで穴から救い出してもらった。樵はお礼に豚を送る約束をし、場所と日時を決めて、虎と別れた。

当日、虎は約束の時間より早くあらわれたため、樵はまだ来ていなかった。そこで早く会いたいと、虎は樵の家を探しにやって来るが、他の住民に騒がれて生け捕りにされ、役所に送り込まれてしまう。これを知った樵は役所に駆けつけ、虎を抱きかかえながら「大王（虎を指す）の命を助けることができなければ、私もともに死ぬだけです」と泣き叫び、虎もハラハラと涙を流した。これを見て、県知事は胸うたれ、ついに虎を解放したのだった。

虎と樵の、類を超えた友情がなんとも快い、とてもいい話である。虎にまつわる恐怖に満ちた変身譚から、人間と交感するやさしい虎の話まで、虎の怪をテーマとする物語がこんなに多いのは、中国の人々が虎を一種「霊性」をもつ超越的な動物として、畏怖しつづけて来たことを示すものだといえよう。

4 狐の怪

唐代以前の怪異譚を網羅した『太平広記』には、長短とりまぜ八十三篇の狐物語が見える。陶淵明を編者に擬した六朝志怪小説集『捜神後記《そうしんこうき》』に収められた「陳斐《ちんぴ》」(巻九。『太平広記』巻四四七収)の話は、こうした狐物語の早い例である。

酒泉《しゅせん》郡の太守になった陳斐は憂鬱だった。というのも、前任の太守が次々に赴任直後、変死しているのだ。占い師に見てもらうと、「諸侯を遠ざけ、伯裘《はくきゅう》を放て」とご託宣があったので、陳斐はこの文句を頭に刻み付けて出発した。着任すると、果たせるかな、王侯《おうこう》とか張侯《ちょうこう》とか何人も名前に侯のつく役人がいた。陳斐は「諸侯を遠ざけ」とはこのことかと納得し、彼らに近づかないように気を付けた。

着任の夜、眠ろうとすると、何者かが布団の上にドサッと落ちて来た。これを取りおさえたところ、物音に気付いた配下の者たちが駆けつけ、その怪物を殺そうとした。と、怪物がいうには、「私は千年を経た狐で、名前は伯裘と申します。府君《との》に危険が迫ったとき、伯裘と呼んでくだされば、きっとお助けします」。なるほど「伯裘を放て」とはこのことかと合点し、陳斐は狐を逃がしてやった。

さて、ここに郡の主簿《しゅぼ》（総務部長）の李音《りおん》なる男がいる。李音は悪人で、名前に侯のつく下役人ども（諸侯）を動かし、陳斐が着任したら殺そうと、手ぐすねひいていた。しかし、陳斐が諸侯を近づけないため、いらだった李音は諸侯に命じて陳斐を棒で殴り殺そうとした。あわやという瞬間、陳斐が「伯裘」と絶叫すると、さっと伯裘があらわれ、たちまち李音らを昏倒させた。おかげで命拾いした陳斐は李音らを死刑に処したのだった。まもなく伯裘狐が陳斐に別れの挨拶に来た。聞けば、天界に昇ることになったとのこと。これを最後に、伯裘は二度と姿をあらわさなくなった。

この物語に登場する律儀な老狐はまさに「霊狐」であり、天界へ昇るという結末は、その神秘な超越性を裏書きする。ちなみに、千年万年の寿命を得た狐を天界からの使者（天狐）とみなす発想は、六朝志怪はもとより、唐代の怪異譚にも根強く見られるものである。とはいえ、神秘な能力をもつ天狐もいろいろで、なかには堕天使ならぬ堕天狐が地上世界でとんだ騒動を起こす例もある。唐代怪異譚集『広異記《こういき》』（戴孚《さいふ》著）の「韋明府《いめいふ》」（『太平広記』巻四四九収）は、そんな堕天狐の姿を描く、おもしろい作品である。

唐の開元年間、韋明府（地方長官）のもとに、崔《さい》と名乗る男があらわれ、韋の娘と結婚したいと申し出た。韋は狐の変化《へんげ》だと直観し、道士を呼んでお祓《はら》いするが、崔の霊力が強烈でどうにも撃退できない。韋はやむなく崔と娘の結婚を認めようとするが、韋の妻をはじめ家族は、婿にするなら二千貫の結納金を納めさせろといって聞かない。これを知った崔はさっそく二千貫、耳をそろえて送り届け、まずはめでたく婚礼の運びとなる。婚礼当日、崔は豪華な婿入り行列を仕立てて、颯爽と韋家に乗り込み、高価な引き出物をばらまくなど、気前のいいところを誇示した。

かくして一年、今度は韋の一人息子のようすがおかしくなって来る。韋夫妻が崔に問いただすと、「きっと私の従妹《いとこ》が、彼の部屋に出入りしているせいでしょう」という。仰天した韋夫妻は粘り強く崔を説得し、とうとう狐祓いの秘法を聞き出す。この結果、韋夫妻は息子についた従妹狐を追い払ったばかりか、婿の崔狐まで撃退したのだった。

崔が消えてから五日後、韋家の中庭につむじ風が巻き起こったかと思うと、空中から何かがドサッと落ちて来た。見れば、そこに体中傷だらけ、見るも哀れな崔がいるではないか。崔は韋に、「私は狐祓いの秘法を人間に漏らし、また結納金や婚礼の費用を捻出するために、天府（天界の蔵）の銭を盗んだかどで、杖でこっぴどく打たれ、天界から追放されてしまった」と恨み言をいうと、またつむじ風に乗って、いずこへともなく立ち去った。

柳田國男は妖怪を定義して、ずばり「古い信仰が新しい信仰に圧迫せられて敗退する節には、その神はみな零落して妖怪となるものである」(「一目小僧」)と言い切った。だとすれば、この唐代志怪の「韋明府」に登場する堕天狐崔は、先にあげた「陳斐」の物語に見られるような、神性を帯びた天狐が、「零落」して魔性の妖怪(バケ狐)へと変貌してゆく境目に位置する、過渡的な存在だといえる。

しかし、中国の狐物語の系譜はけっして、時代が下るにつれて、神性を帯びた天狐が、全面的に魔性を帯びたバケ狐へ零落・転化するという具合に、単純な展開をたどるわけではない。天狐とバケ狐は、物語世界で基本的に長らく共存しつづけるが、その比重が時の経過とともに、圧倒的にバケ狐の側に傾いてゆくのである。

さて、こうした展開をたどる狐物語の系譜において、とりわけ強烈な魔力を発散するのは美女に化けた狐である。唐代の怪異譚のなかから一つ、とびきり凶々《まがまが》しい例をあげてみよう。題して「僧《そう》晏通《あんつう》」(李牧撰『纂異記《さんいき》』。『太平広記』。巻四五一収)。

晏通という僧侶は修行のため、墓場で夜を過ごすのが常だった。ある夜、晏通が例によって道端に骸骨が積まれた墓場にいると、ふいに狐があらわれた。木陰にいた晏通に気付かず、狐は次々に髑髏《しゃれこうべ》を手に取り頭に載せては、首を振った。振動で落ちたものはポイと投げ捨て、また新しいのを載せるという動作を繰り返したあげく、狐はようやくぴったり首にはまる髑髏を選び出す。つづいて木の葉や草花を身にまとった瞬間、狐は艶麗な美女に変身した。

晏通が固唾をのんで見守っていると、たまたま馬に乗った旅人が通りかかった。美女に化けた狐は旅人を呼び止め、言葉巧みに同行を願い出た。絶世の美女の求めとあっては、旅人に否《いな》やのあろうはずもない。手に手を取って立ち去ろうとしたとき、晏通が飛び出し「これはバケ狐だぞ」と叫ぶや、錫杖《しゃくじょう》で狐の頭を打った。と、首にはめた髑髏がコロリと落ち、元の姿にかえった狐は一目散に逃げて行った。

ブラックユーモアのセンスのある、おもしろい話だが、この美女狐はまさに魔性の妖怪であり、すでに神性のかけらもない。これと対照的なのが、やはり唐代怪異譚「李麐《りどん》」（『広異記』。『大平広記』巻四五一収）に描かれる可憐な狐の妖怪である。

李麐は東平《とうへい》（山東省）の尉《い》（警察署長）に赴任する途中、人妻だった鄭《てい》氏を見初め、八方手を尽くして、自分の妻にした。東平で暮らすこと三年、二人の間に息子も生まれた。そんなおり、李麐は公用で上京することになり、妻子を連れて出発した。しかし、都に滞在中、急病にかかった鄭氏はやにわに駆け出したかと思うと、郊外の村の小さな穴に入ってしまう。李麐が村人の手を借り、その穴を掘ってみたところ、なんと穴の奥で狐が死んでいた。妻は狐の変化《へんげ》だったのかと、李麐はためいきをつきながらも、手厚く埋葬した。ただ、息子は手元に置かず、親類に預けたのだった。

やがて李麐は蕭《しょう》氏という女性と再婚したが、前妻の素性を知る蕭氏は、いつもふざけて夫を

「狐の婿どの」と呼んだ。そんなある日、忽然と鄭氏の幽霊が李黁と蕭氏の前に出現し、「私を侮辱し、私の息子を辛い目にあわせることは許しません」とかきくどいた。これ以後、蕭氏は二度と「狐の婿どの」といわなくなり、鄭氏の息子も引き取られこそしなかったものの、すくすくと成長したという。

狐の変化がさらにまた幽霊になり化けて出るというのだから、これもたぶんにユーモラスな話である。しかし、ここに描かれる美女狐の鄭氏にはまったく妖怪じみたところはなく、いじらしいというほかない。先の髑髏をかぶった美女狐が魔性の妖怪と化すことによって、神性を喪失したとすれば、このいじらしい美女狐鄭氏は限りなく人間存在に類似することによって、神性を失ったといえよう。

強烈な魔性を発散する美女狐と、哀れにいじらしい美女狐。この二様の「零落」した女神の姿を縦横に描くのは、なんといっても清初の怪異譚集『聊斎志異』である。この詳細については、次節に譲りたい。

5　狐の怪（続）

清初、蒲松齢（一六四〇〜一七一五）の著した『聊斎志異』（全十六巻）には、四九〇篇になんなんとする怪異譚が収められている。蒲松齢は聡明な人物であったが、どうしても科挙に合格できず、生まれ故郷（山東省淄川《しせん》）の名家の家庭教師をして生計を立てながら、ひたすら『聊斎志異』の執筆に情熱を傾けた。『聊斎志異』には幽霊や動物の変化《へんげ》をはじめ、ありとあらゆる妖怪変化が登場するが、なかでも狐の変化譚が異様に多い。ここに描かれる狐の変化には、まことにいじらしくも愛すべき存在もあれば、おどろおどろしくも恐怖に満ちた存在もある。まず、前者の例をあげてみよう。題して「嬰寧《えいねい》」（巻二）。

王子服《おうしふく》は早く父を亡くし、母の愛を一身に浴びて成長した青年だった。彼は元宵節《げんしょう》（一月十五日）の日に、従兄《いとこ》の呉《ご》某（呉某の父が王子服の母の兄弟にあたる）に誘われて外出し、世にも稀な美少女と出会ってからというもの、重症の恋患いにかかった。これを知った呉某は彼女の居所を突き止めてみせると請け合うが、どうしても突き止めることができない。困った呉某は「彼女はぼくの姑母《おば》（父の姉妹）さんの娘、きみの母方の従妹《いとこ》にあたる人で、ここから三十里ほど西南の山中に住んでいるよ」と、王子服に口から出まかせの報告をする。これを真に受けた王子服は縁談の口ききを頼み、呉某はまたまた安請け合いするが、もともとデタラメなのだから、話が進展するわけもない。

待ちくたびれた王子服は、「西南の山中に住んでいる」という呉某の言葉を頼りに、彼女の家を訪ねて行く。と、嘘から出たまこと、なんと王子服はその家を発見し少女との再会を果たす。少女の名は嬰寧、風雅な造りの山荘で、老母および腰元と暮らしていた。老母と話し合ううち、これまた呉某の当てずっぽうが図にあたり、この老母が王子服の母の姉だと判明する。彼女は秦《しん》という家に嫁いだのだが、夫と死別するなど複雑な事情もあり、王子服の母ともいつしか音信不通になったとのこと。また嬰寧は彼女の実子ではなく、側室が生んだ子だということだった。王子服は歓待され、その夜は山荘に泊めてもらう。

翌朝、王子服は嬰寧が木登りをしている姿を見かけ、びっくり仰天した。その顔を見ながら、嬰寧はけたたましい笑い声を立てるばかり。彼女は笑い上戸だったのだ。元宵節の日に出会って以来、彼女に恋い焦がれ、夫婦になって愛し合いたいと打ち明けると、嬰寧はその意味がわからないらしく、「私たちは親類だから愛し合うのは当たり前でしょう」という。王子服が親類の愛と夫婦の愛はちがうのだというと、嬰寧は無邪気に「どうちがうの」と聞き返す。「夫婦は夜、いっしょに寝るんだよ」と説明すると、嬰寧はうつむいてしばらく考えてからいった。「私、知らない人といっしょに寝ることに慣れてないの」。

そうこうするうち、王家の下僕が山荘を捜し当て迎えに来たので、王子服は姨母《おば》(母の姉妹)すなわち嬰寧の母の承諾を得て、嬰寧を家に連れて帰った。だが、王子服の母は嬰寧が自分の姉に育てられたと聞いても、どうも合点がいかない。確かに秦家に嫁いだ姉はいたけれども、ずいぶん前に亡くなっていたのである。不審をつのらせているところに、くだんの従兄呉某がやって来る。たまたま呉某は嬰寧の誕生にまつわる不思議な話を聞いたことがあった。

王子服の母の姉が亡くなったあと、夫の秦某は狐の化身とねんごろになり、二人の間に娘が生まれ嬰寧と名付けた。ほどなく秦某は亡くなり、狐の化身は嬰寧を連れて姿をくらましたというものだった。呉某が知っていたのはここまでだったが、実はこの話には先があった。やがて狐も死ぬが、赤ん坊の嬰寧を残しては逝けないと、秦某の亡妻(王子服の母の姉)に託し、これに応じて秦某の亡妻の幽霊が十数年にわたり、嬰寧を慈しみ育てたのである。

こうして嬰寧の素性が判明すると、まずはめでたく王子服と嬰寧は婚礼をあげた。結婚後、王家には嬰寧の笑い声が響き、楽しい日々がつづく。ただ、笑い上戸の嬰寧は誰を見ても笑いかけるので、自分に気があると勘違いした隣家の息子が彼女に挑みかかったことがあった。しかし、嬰寧と見えたのは実は枯れ木であり、隣の息子は抱きついたとたん、枯れ木にひそんでいた蠍《さそり》に刺され、頓死してしまう。嬰寧が実母（狐の化身）から受け継いだ超能力を示したのは、この事件くらいだった。やがて嬰寧はどこか狐に似た面差《おもざ》しの息子を生み、末長く幸せに暮らしたという。

狐の変化譚と幽霊譚の巧妙な組み合わせから成る、この「嬰寧」の物語は、『聊斎志異』のなかでも出色の作品である。とりわけ、人里離れた山中で育った狐と人間のハーフ少女、嬰寧が王子服に求婚されても意味がわからず、トンチンカンな応答を繰り返すくだりは、物語作者蒲松齢の面目躍如、妖怪とは似ても似つかぬ、あどけない少女の姿がユーモラスなタッチでみごとに描かれている。

この「嬰寧」の物語を嚆矢《こうし》として、『聊斎志異』のおびただしい狐の変化譚には、現実の人間よりもっと高貴な人間性をもつ狐の化身が、彼女もしくは彼を愛する人間と心を通わせ、共生する顚末を描く話が非常に多い。むろん狐の化身が人間に祟る怖い話もあるが、その場合も、次にあげる「武孝廉《ぶこうれん》」（巻十五）のように、人間が狐の真心を裏切り、祟られても仕方がないケースがほとんどである。

武孝廉（武官試験合格者）の石《せき》という男は、就職運動のため船に乗り込み上京する途中、喀血して死にそうになった。弱り目に祟り目、下僕に金を持ち逃げされ、無一文になった重病人の石をもて余して、船頭たちは彼を船から放り出そうとした。と、隣に停泊していた船から、年のころ四十余りの美女があらわれ、奇特にも石を自分の船に引き取り、「病気が治っても私のことを忘れないなら」という条件付きで、石に丸薬を飲ませてくれた。この丸薬を飲むと、石は一か月ですっかり回復する。石はまだ三十そこそこだったが、約束どおり年増美女と夫婦の契りを結び、彼女から就職の運動資金までもらって、就職できたら迎えに来るからと言い残し、一人で都へ向かう。

都へ到着後、石は資金のおかげでいいポストに就いたが、恩知らずにもあの女は年増すぎると、さっさと王という家の娘と婚礼をあげてしまう。これが年増美女の知るところとなり、怒った彼女は石の任地の役所に乗り込んで来る。年増美女の話を聞くや、妻の王氏も怒りだし、いっしょになって石の裏切りを責め罵る始末。大騒動のあげく、二人の妻がともに暮らすことで、まずは一件落着した。二人の妻は気が合い、ある日二人で酒を飲んでいるうち、年増美女は泥酔して眠り込み、狐になってしまった。王氏は驚きまたかわいそうに思って布団をかけてやった。

そのとき、石が部屋に入って来たので、王氏はついこの奇怪な出来事を告げた。石が王氏の制止をふりきり、狐を殺そうとすると、狐はパッと目覚めてまたも年増美女と化し、「あなたのようなむごい人間には愛想が尽きた。前に飲んだ薬を返していただきます」と罵るや、石の顔に唾を吐きかけた。その瞬間、全身に悪寒が走り、石は前に飲んだ丸薬を吐き出してしまった。その夜から、病気がぶり返して喀血し、石は半年ほどで死んだ。

この「武孝廉」の話で、非は論議の余地なく、裏切り男の石の側にある。石の背信行為を知った妻が美女狐とともに石を罵り、その後も彼女に肩入れするという、蒲松齢独特のユーモア感覚の冴えが見られる物語展開は、石の行為の許しがたさをますます鮮明に浮き彫りにする。

『聊斎志異』の作者蒲松齢は、「嬰寧」の物語で、美少女狐の類いまれな無邪気さ、あどけなさを委曲を尽くして描き上げ、「武孝廉」の物語では、狐の真情を平然と裏切った卑劣な人間に死の制裁を加えた。不遇にあえぎ、人間世界の不条理にほとほと愛想を尽かした蒲松齢にとって、狐の化身はむしろいとおしい存在であり、不気味な妖怪変化は人間の方だったのかも知れない。

6 雷の怪

自然の底知れぬ威力を見せつける雷の轟きは、人を恐れおののかせる。中国の怪異ものがたりには、この雷を素材とするものが数多く見られる。

中国の雷の物語は二つの系列に分けることができる。一つは、罪を犯した人間に罰を与えるべく、天から降下する恐るべき雷をテーマとするもの、今一つは、誤って天から落ちて来る、間抜けでユーモラスな雷をテーマとするものである。まず前者、恐るべき雷を扱った話を見てみよう。

最初の例は、五代（九〇七～九六〇）の怪異小説集『稽神録《けいしんろく》』（徐鉉《じょげん》著。徐鉉は五代の南唐の人）に収められた、「欧陽氏《おうよう》」（『太平広記』巻三九五収）の物語である。

南唐（五代十国時代の一国。九三七～九七五）のころ、広陵《こうりょう》（江蘇省）の役人、欧陽某の妻は幼くして戦乱に遭い、両親と生き別れになった。その後、彼女の父だと名乗る人物が欧陽の家を訪れ、話の内容から判断して、間違いなく実の父だと思われるにもかかわらず、欧陽の妻は頑として認めようとしなかった。というのも、その父なる人物がいかにも貧乏くさかったのである。遠方からはるばる来たのだから、一晩泊めてほしいという父の懇願さえ、彼女はにべもなく拒絶し、みかねた欧陽某がいくら口添えしても聞き入れない。怒った父は彼女に「おまえを訴えてやる」と言い残し、去って行った。

異変が起こったのは、翌日の正午だった。にわかに嵐になり、轟音とともに欧陽の屋敷に雷が落下したかと思うと、妻は中庭にはね飛ばされ即死した。数日後、欧陽の家族が土地神を祭った廟《びょう》に立ち寄ると、神前に一通の文書があり、親不孝な娘を告発する文章が書かれていた。なんと父は娘の罪を土地神に訴え、これを受けた土地神の指示で雷神が出動し、懲罰を下したのだった。

時代が下り、南宋の洪邁《こうまい》（一一二三～一二〇二）が編纂した『夷堅志《いけんし》』にも、これと同工異曲の話が収められている。題して「雷、王四《ワンスー》を撃つ」（『夷堅丁志』巻八）。

臨川県《りんせんけん》（江西省）の王四という男は親不孝でいつも父を虐待していた。こらえかねた父が訴え出る決心をし、県役所に向かったところ、追いかけて来た王四は父に二百銭を与えた。訴訟の費用にすればいいというのである。やれるものならやってみろという、なんともふてぶてしいやり口だが、天罰てきめん、その直後、王四は雷に打たれて死んだ。知らせを聞いた父が駆けつけると、王四の脇腹の下にくだんの二百銭が深く食い込んでいるではないか。父が懐を探ってみたところ、受け取った二百銭は影も形もなかった。

親不孝者は雷に打たれて死ぬという話は、唐代以前にはほとんど見えず、今あげた『稽神録』や『夷堅志』のように、五代から南宋にかけて編纂された怪異小説集において、しばしば見られるようになる。この時期、儒教イデオロギーが強化されるにともない、人々の間に親不孝者は天罰を受けるという恐怖が広がり、恐るべき雷の物語が生み出されていったとおぼしい。

ところが、これとはうらはらに、やはり五代から南宋にかけ、誤って天から転がり落ちた間抜けな雷の話もまた、広く流布するようになるのだから、事態は複雑だ。間抜けな雷の話で格段におもしろいのは、五代の怪異小説集『神仙感遇録《しんせんかんぐうろく》』（杜光庭《とこうてい》著。杜光庭は五代の前蜀の人）に見える「葉《よう》遷韶《せんしょう》」（『太平広記』巻三九四収）の物語である。

信州《しんしゅう》（四川省）に葉遷韶という樵がいた。ある日、大木の下で雨宿りをしていると、雷が落ち、木が真っ二つに裂けたかと思うと、またピタッとくっついた。見れば、天から転がり落ちた雷神が、くっついた木の裂け目にはまり込んで身動きもできずにいる。気の毒に思った葉遷韶が石を使って裂け目をこじあけてやると、雷神はやっと外へ出ることができた。恩に着た雷神は、翌日ここでまた会おうといい、約束どおりやって来た葉遷韶に呪《まじな》いの書物をくれた。

雷神がいうには、この書物には雷雨を呼びおこす方法から病気を直す方法まですべて記されているとのこと。また、この雷神は五人兄弟で、末っ子の雷五《レイウー》の性格がもっとも激しいから、緊急の場合は「雷五」と呼べば、いかなる困難も厭わず助けに来るということだった。これ以後、葉遷韶は呪いの書物を活用して、旱魃のときには雨を降らせ、多くの病人を直し、泥酔して投獄されたときには雷五を呼んで釈放されるなど、雷神の恩恵を被りつづけたのだった。

この話に登場する雷は、天から落ちたあげく木に挟まって動けなくなったり、私は五人兄弟だといってみたり、終始一貫、ユーモラスですっとぼけた風情がある。これは、先にあげた親不孝者を打ち殺す雷の例とは異なり、まったく怖くない。怖くないといえば、『夷堅志』に見える「揚州雷鬼《ようしゅうらいき》」(『夷堅丙志』巻七)に登場する雷もそうであり、奇妙キテレツというほかない。

揚州のある役人の家に白昼、雷雨のさなか、天から雷鬼が落ちて来た。身長三尺(約一メートル)ばかり、顔も肌も青く、頭に頭巾を載せている。この頭巾も肉でできており、額と繋がっている(角状《つの》になっているわけだ)。役人の家族をはじめ、近隣の者が見物につめかけると、この青い雷鬼は顔をおおって笑い出し、見物人が増えれば増えるほどゲラゲラ笑いつづけた。しばらくすると、ふたたび雷鳴が轟き、青い雷鬼はたちまち天の彼方に飛び去った。

この笑い上戸の雷鬼はきっと子供だったのだろう。誤って天から落ち、人間に見られて笑い転げるこの雷もまた愛嬌たっぷり、かの恐るべき雷とは似ても似つかないものだ。

このように、五代から南宋にかけて著された怪異小説集には、親不孝者に制裁を加える儒教イデオロギーの化身のような恐るべき雷と、天から転がり落ちる剽軽《ひょうきん》でユーモラスな雷という、二様の相矛盾した雷のイメージが描かれている。ここには、恐るべき雷像を、工夫を凝らして滑稽化することにより、それが体現する重苦しさを笑い飛ばそうとする、伝統中国に生きる人々のしたたかさがほの見える。

それかあらぬか、時代が下るとともに、雷のイメージはますます恐怖と縁遠くなってゆく。たとえば、清代中期に袁枚《えんばい》が著した怪異小説集『子不語《しふご》』に収められた「雷公、紿《あざむき》を受けしこと」（巻二）に登場する雷などは、悪人に騙されて、落ちるべきでない人物の家に落ち、肥えを浴びせかけられる体たらく。雷の懲罰も情報不足のケースが多々あり、当てにならないというわけだ。こうして中国怪異ものがたりの世界において、雷はまさに踏んだり蹴ったり、ただのグロテスクな道化へと下落するのである。

ちなみに、雷はもともと荒々しい雰囲気を帯びたものだから、雷絡みの艶っぽい色恋の話など、ついぞ見かけたことがない。ただ、先にあげた『稽神録』に「番禺村《ばんぐうそん》の女《むすめ》」（『太平広記』巻三九五収）という話があり、ここには雷神の略奪婚のもようが描かれている。

番禺村に住む母娘がある日、畑仕事をしている最中、にわかに雷雨が降り出し、あたりが真っ暗になった。しばらくして晴れたが、気が付くと娘の姿が消え失せている。驚いた母親は近所の人に手伝ってもらい、徹底的に捜したが、その行方は杳として知れない。一か月余りあと、ふたたび激しい雷雨があり、またもあたりが真っ暗になった。晴れたあと、母の住む家の中庭に、いつのまにやら山海の珍味を並べた豪華な宴席が用意されており、行方不明の娘が豪華な衣装を身に着け、しずしずとあらわれた。

娘がいうには、先の雷雨のおり、雷神にさらわれて石作りの部屋に行った。そこにはすでに雷神の親族が集まっており、人間世界と変わらぬ婚礼をあげた。今日は里帰りに来たのだが、これが最初で最後、もう二度と会えないとのこと。これを聞いた母は、婿殿の雷郎《らいさん》に会いたいといったが、娘はそれはできないと断り、数日、滞在したあと、雷鳴の轟くなか、いずこへともなく去って行った。

この物語の展開から見て、連れ去られた娘が雷神のもとで物質的に満たされた生活をしているのは確かだが、所詮それは雷の側の一方的な愛の押し付けであり、娘は運命としてそれを受け入れる覚悟をしたにすぎないことが、自ずと読み取れる仕掛けになっている。さらに憶測をたくましくすれば、かの雷郎はグロテスクな容姿をしており、なればこそ、娘は夫の雷郎を母に会わせまいとしたのであろう。

中国怪異ものがたりの系譜において、時代の経過とともに、雷のイメージは恐れられる存在から、ひたすら滑稽化される存在へと下落させられ、見てのとおり、終始一貫、色恋にもとんと縁がない無粋なものとして描かれつづけた。雷が本来、象徴していた強権的な暴力性は、こうして物語作者と読者の暗黙の了解のもとに、もののみごとに揶揄され、無化されてゆくのである。

7　幽霊たちの戯れ

中国怪異ものがたりのうち、圧倒的な比重を占めるのは、いうまでもなく幽霊譚である。ここに登場する幽霊はまさに千差万別、ひたすら恐怖をそそる幽霊らしい幽霊もいれば、幽霊らしくもないユーモラスな愛嬌者もいる。

怪談マニアの清代中期の大文人、袁枚《えんばい》（一七一六～一七九七）が蘊蓄《うんちく》を傾けて著した怪異譚集、『子不語《しふご》』（二十四巻）および『続子不語』（十巻）には、いろいろな幽霊が登場するが、なかにはこんなおかしな幽霊もいる。

馬に乗って兎狩りをするのが好きな侍衛《じえい》（宮中の護衛などにあたる武官）が、ある日、狩りに行こうと東直門（北京城の東北の門）まで来たとき、馬が急に走り出して、水汲みに来ていた老人を跳ね飛ばし、井戸に突き落としてしまった。侍衛は怖くなり、そのまま逃げ帰った。

悪いことはできないもので、その夜早くも、侍衛の家に老人の幽霊が出た。幽霊が「見殺しにするとは何事か」とわめきちらし、家財道具を壊すなど大暴れしたあげく、「位牌を作ってわしの姓名を書き、毎日、豚足を供え、祖先として祭ってくれるなら許してやる」という。侍衛がいわれたとおりにすると、幽霊はパタリと出なくなった。

侍衛は事件以後、東直門の井戸の側を通らないようにしていたが、数年後、皇帝のお供でどうしてもそこを通らざるを得なくなった。問題の井戸の側まで来ると、案の定、あの老人がそこに立っており、「やっとみつけたぞ。ひどいやつだ」と罵りながら、侍衛につかみかかって来た。侍衛が数年間も家で丁重にお祭りしているのだから、許してもらいたいと哀願すると、くだんの老人はますます怒っていった。「わしは死んでなぞおらん。おまえが逃げたあと、通りかかった人に助けてもらったのだ」。

だとすれば、侍衛のところに化けて出て、祭ってくれと要求したのはいったい誰なのか。びっくり仰天した侍衛は老人を家まで同行し、位牌を見せた。すると老人は聞いたこともない名前だといい、腹を立てて位牌を投げるやら、供物の豚足を床に放り出すやら、これまた大暴れをした。その瞬間、空中で物音がしたかと思うと、何者かが大声で笑いながら立ち去る気配がしたのだった。

これは「鬼《ゆうれい》、名を冒《おか》して祭を索《もと》む」（『子不語』巻二）と題された話である。別人の幽霊になりすまして、位牌を作らせ豚足まで供えさせて、日々、祭らせようというのだから、なんともちゃっかりした変な幽霊ではないか。

そうかと思えば、やはり『子不語』（巻二）に、複数の幽霊が登場、珍騒動を巻き起こす話も収められている。

江浦《こうほ》（江蘇省）の南郊に住む張《ちょう》氏は陳《ちん》という男に嫁いだが、結婚後七年で夫と死別、生活が苦しいため、秦《しん》という仲人屋の口利きで、やはり結婚後七年で妻と死別した同姓の張という人物と再婚した。ところが、再婚後、半月ばかりたったころから、亡夫の陳の魂が妻張氏に乗り移り、「おまえは悪い女だ。わしに操を立てず、つまらん男と再婚するとはけしからん」といっては、自分（つまり張氏）の頰をパチパチ平手打ちにする。夫の張ら家族はなんとか亡魂の怒りを鎮めようと、紙銭を焼くなど手を尽くすが、まったく効果がない。

そうこうするうち、今度は亡妻の魂が夫の張に乗り移り、「薄情者、新しい奥さんにうつつを抜かして、元の妻の私のことは忘れたの」といっては、これまた自分（つまり夫の張）の体を殴りつけてやまない。

ちょうどこのとき、居合わせた仲人屋の秦が、張に乗りうつった亡妻をからかい、「わしはこの前は生きた人間の仲人をしたが、今度は幽霊の仲人をしようじゃないか。陳さんはここで妻を求めているし、あんたは夫を求めている。いっそ二人で夫婦になってここから出て行ったらどうかね」といった。と、張（実は亡妻）が恥ずかしそうな顔をしていうには、「私もそうできたらと思いますが、でも私は醜いから、陳さんがうんとおっしゃって下さるかしら」。

秦が話を持って行き、陳も承諾はするが、「幽霊同士とはいえ婚礼もあげないで夫婦になると、ほかの幽霊に笑われる」という。そこで陳の指図どおり段取りを整え、婚礼をあげてやると、幽霊夫婦は機嫌よく退散したのだった。

見てのとおり、「鬼《ゆうれい》の替《た》めに媒《なこうど》を做《な》す」と題されるこの話の展開はまことにユーモラスである。そもそも妻に乗り移った亡夫と夫に乗り移った亡妻が、仲人屋の取り持ちで結婚するという、話の大筋じたいが珍無類なのはいうまでもない。かてて加えて、幽霊同士夫婦になってはどうかと勧められ、亡妻が顔（夫の張の顔だ）を赤らめ、もじもじ恥じらったり、張氏の亡夫の陳が人間そこのけ、ほかの幽霊に笑われるから婚礼をあげたいというなど、工夫を凝らした細部描写がまたおもしろく、いやがうえにも滑稽感を盛り上げる。これぞまさしく怪談マニアの大文人袁枚ならではの、遊戯感覚あふれる愉快な幽霊譚である。

遊戯感覚たっぷりの幽霊譚という点では、時代は溯るが、明末、馮夢龍《ふうぼうりゅう》が編纂した三部の白話短篇小説集「三言」の一部、『警世通言《けいせいつうげん》』に収められた「一窟《いっくつ》鬼癩道人《きらいどうじん》、怪《かい》を除《のぞ》く」（第十四巻）もまた極め付きの作品である。ちなみに、宋代の盛り場で語られた説話人《シュオホワレン》（講釈師）のテキスト「話本」を集めた『京本《けいほん》通俗小説』に、これと同じ話が「西山一窟鬼《せいざんいっくつき》」というタイトルで収められている。つまるところ、この話はもともと聴衆を前に語られた講談なのである。

ころは南宋、首都杭州《こうしゅう》で塾の先生をしている呉洪《ごこう》のもとに、ある日、仲人婆の王婆《ワンポ》が縁談を持ち込んで来る。相手の李楽娘《リーユエニャン》はさる高官に仕えていたが、今は侍女の錦児《チンアル》ともども、叔母の陳干娘《チェンカンニャン》のもとに身を寄せているとのこと。見合いの日、李楽娘・錦児の二人を見た瞬間、そのあまりの美しさに、呉洪は思わず「この世のものではない」と口走った。かくしてめでたく結婚、夫婦仲は至って睦まじく、楽しい日々がつづく。ただ、ある朝、早起きした呉洪は、ザンバラ髪に飛び出した目、真っ赤に血塗られた首という、異様な錦児の姿を見て卒倒し、以来、内心これはちとおかしいぞと思うようになった。

やがて清明節になり、散歩に出た呉洪は友人の王七三《ワンチーサン》官人と出会い、遊びに行こうと誘われる。ところが大雨が降り出して、二人は道に迷い、とりあえず墓場に避難する。これをきっかけに、彼らは次々に奇怪な事件にぶつかる羽目になる。まず、墓場の土饅頭から男の幽霊が飛び出して来たため、呉洪らは肝をつぶして逃げ出し、山頂の朽ちかけた廟《びょう》をみつけて入り込んだ。

廟の扉を固く閉め、一息ついたかと思うと、今度は妻の李楽娘と侍女の錦児がやって来て、扉を開けろという。こんなところまで追いかけて来るとは、人間ではない、幽霊だと二人はふるえあがった。そのうち諦めた彼女たちが立ち去ったので、呉洪らは廟を出るや、麓めざして走りに走った。と、その途中で、王婆と李楽娘の叔母の陳氏が森のなかから飛び出して来る。これも幽霊だ。肝をつぶして飛び込んだ居酒屋の主人が、これまた幽霊。

出会う者すべてが幽霊という恐怖の連続のはてに、やっと二人は杭州の街中にたどりつく。王官人と別れ、呉洪が家にもどったところに、ハゲ頭の道士が出現、幽霊どもをつかまえてくれた。なんと李楽娘、錦児、王婆、陳氏、それに土饅頭から出て来た男も居酒屋のあるじも、みな非業の死を遂げた者の亡霊だったのだ。かくして道士は術を使って、彼らすべてを腰に下げた瓢箪《ひょうたん》のなかに吸い込み、ようやくこの幽霊騒動も幕切れとなる。

幽霊も一人だけ出るなら怖いが、こんなにぞろぞろ出て来るとむしろ滑稽だ。同じく遊戯感覚あふれる幽霊譚とはいえ、「一窟鬼癩道人」はさすが盛り場育ち、大文人の筆のすさびといった風情の、袁枚のとぼけた幽霊譚に比べれば、はるかに毒々しくもけたたましい。お騒がせ派からおとぼけ派まで、中国の愉快な幽霊たちの戯れのスタイルはまったく多種多様、それぞれにおもしろいというほかない。

8 憑依の怪

元末明初に集大成された『三国志演義』に、亡霊が乗り移った対象を死に至らしめる、恐るべき憑霊《ひょうれい》現象を描いた箇所がある。劉備の義兄弟関羽は、曹操と手を組んだ孫権に殺される。その直後、関羽の亡霊は彼を敗死に追い込んだ孫権の部将呂蒙《りょもう》に乗り移る。

関羽を滅ぼし、勝利を祝う宴会の席上、孫権は手ずから呂蒙に酒を注ぎ功績を讃えた。そのとき異変が起こる。

呂蒙は盃を受け、飲もうとした瞬間、ふいに盃を地面に投げ付け、片手でぐいと孫権をつかみ、声を荒げて罵った。「碧眼《へきがん》の小僧、紫髯《しぜん》のネズミ野郎。わしが誰だかわかるか」。

（第七十七回）

関羽の亡霊が呂蒙に憑依《ひょうい》したのだ。こうして関羽の霊に祟られた呂蒙は、たちまち体中から血を流して絶命する。さすが英雄・豪傑が入り乱れる『三国志演義』の物語世界ならではの、迫真的な憑霊現象の描写である。

清代中期の文人袁枚《えんばい》は、憑霊現象にとりわけ関心が深く、彼の著した怪異譚集『子不語《しふご》』には、いくつかの憑霊現象を取り上げた話がある（前節で紹介した「鬼《ゆうれい》の賛《た》めに媒《なこうど》を做《な》す」もその一つである）。ただ、袁枚の憑霊物は『三国志演義』の場合とは異なり、憑依する亡霊たちの怨念の爆発をやんわりと食い止め、ユーモアたっぷり、後味もさらりとしているのが特徴である。一つ例をあげてみよう。「李倬《りたく》」（巻七）という話である。

福建の李倬は郷試《きょうし》（県試・府試・院試の合格者に施される科挙の最終段階の地方試験）を受けるため

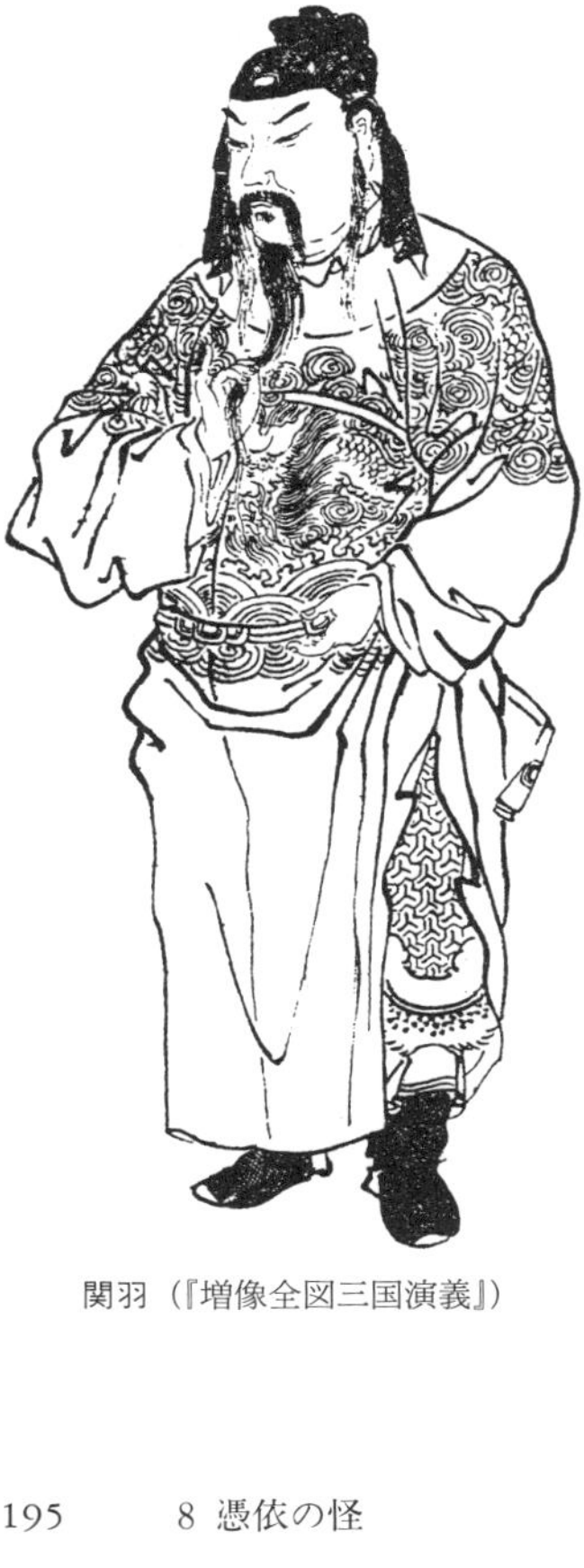

関羽（『増像全図三国演義』）

に上京する途中、やはり郷試を受けに行く貧乏書生の王経《おうけい》と出会う。王経から旅費がないので同船させてほしいと頼まれ、李倬は快く承諾する。ところが、この王経という男は幽霊だった。彼は抜貢生《こうせい》（通常の科挙のルートとは別に、院試合格者すなわち生員《せいいん》のうちから、成績優秀と認められ、中央に推挙される者）に選抜される寸前、別の人間から三千両の賄賂を取った督学《とくがく》（地方の学校教育を監督・指導する役人）の差し金で選から漏れ、憤死したのである。

首都北京まで来ると、王経の幽霊は李倬に事情を打ち明け、督学に復讐するための協力を要請する。「北京の城門には門神がいて、幽霊を侵入させないので、城門を通るとき、三度、私の名を呼んでほしい。そうすれば、忍び込めるから」と。実は王経の標的の督学は李倬の座師（試験官）だったため、李倬は協力を断ったけれども、「断るなら、これからも祟るぞ」と脅され、やむなく承知した。

幽霊の手引きをしながら城内に入った李倬は、座師のもとに挨拶に出向いた。と、座師の屋敷は大騒動の真っ最中だった。座師の十九になる息子がふいに発狂し、刀をふりかざして父に襲いかかり、殺そうとしたのだ。ピンときた李倬はただちに奥の部屋にいた息子に会い、その手を握って諄々《じゅんじゅん》と無謀な振る舞いはやめるよう説得した。すると、息子（実は彼に憑依した王経の亡霊）は納得したものの、「憂さ晴らしに賄賂に取った三千両分の財物を壊させてほしい」といい、高価な花瓶を床に投げるやら上等の毛皮を燃やすやら、大暴れのあげく、からからと笑いながら「これですっとした」というと、出て行くしぐさをした。その瞬間、息子ははたと正気に返ったのだった。試験官の不正行為で一生を棒に振った者の怨念が、ついに憑霊現象を起こした顚末を記すこの話には、時代が下るにつれて繁雑さを増す科挙制度の病理が、自ずと浮き彫りにされている。

憑依するのは男の亡霊ばかりではない。『子不語』には、この世への執着ただならぬ女の亡霊の憑霊現象を描く話もある。「鬼《ゆうれい》、児《むすこ》を買うこと」（巻二十二）がそうだ。

洞庭湖のほとりに住む貢生《こうせい》（生員を経て中央の大学へ入学した者）の葛文林《かつぶんりん》は不思議な生まれ方をした。彼の生母の李《り》氏は後妻だったが、葛家に嫁いで以来、先妻の周《しゅう》氏の亡霊に悩まされつづけた。まず、嫁いで三日目、周氏の遺品の豪華な打ち掛けをみつけ、これを身に着けた瞬間、李氏は意識を失った。家の者が駆けつけると、李氏は自分の頰を叩きながら、「私は先妻の周だよ。その打ち掛けは私が大切にしまっておいたものなのに、嫁に来たばかりのおまえが、よくまあ盗んで着られたものだ。とてもがまんできないから、命はもらったよ」と罵りちらしている。周氏の亡霊が李氏に乗り移ったのだ。家の者が懸命になだめたところ、周氏の亡霊は、自分の遺品をすべて焼却するなら、退散してやるという。いわれたとおりにすると、周氏の亡霊は手を打って喜びながら退散し、李氏は正気に返った。

やれやれと思ったのもつかのま、翌日、李氏が朝の化粧をしながらアクビをした瞬間、周氏の亡霊がまた乗り移った。亡霊は、「李氏はまだ若くて家事の切り盛りができないから、これから私が毎朝来て代わりにやってあげます」と宣言し、以来、毎日午前中だけ李氏に乗り移り、使用人を動かしながら、きびきび家事を片付けた。こうして半年、家の者はみな、周氏の亡霊が李氏の肉体を借りて出たり入ったりする状態に、すっかり馴れてしまった。そんなある日、周氏の亡霊は夫の葛に、いつまでも柩《ひつぎ》を家のなかに置きっ放しにせず、墓地を買ってちゃんと埋葬してほしいと頼み、適当な墓地まで指定した。

なんと周氏の遺体の入った柩は家に安置されたままだったのだ。道理で、家のなかをうろうろし、化けて出るはずだ。ともあれ、夫はいわれたとおり墓地を買い、いざ埋葬する段になって、はたと困惑した。周氏には子供がなく、親類縁者に埋葬の案内状を出すとき、喪主の欄が空白になってしまうのだ（普通は息子が喪主になる）。そこで、周氏の亡霊に相談すると、いまちょうど李氏が身ごもっているが、子供の性別は分からないから、三千文の紙銭を焼いてくれれば、息子を一人買って来るといい、それをしおに、彼女の霊は李氏の肉体を離れた。周氏が「買って来る」といったのは、冥界から人間世界に再生する者のなかから、大枚はらって、メガネにかなった者を選ぶという意味だ。

月満ちて、果たせるかな李氏は元気な男の子（葛文林）を生んだ。三日後、もう来ないと思っていた周氏の亡霊が、またまた李氏に乗り移った。周氏は姑の陳氏に、この子は自分が買って来たもので、子育ての下手な若い後妻にまかせておけないから、めんどうを見てやってほしいと、ねんごろに頼むと、スーッと李氏の体から離れていった。

赤ん坊が生まれて一か月後、いよいよ周氏の遺体の入った柩を埋葬することになった。この間も、周氏は李氏に乗り移っては、喪主である赤ん坊の着る喪服のことまで、こまごまと指示を与えるなど、自分の埋葬の準備に大わらわだった。埋葬の当日、周氏の亡霊は李氏に乗り移り、ワアワア泣きながら、「これで永久にお別れです」といったのを最後に、二度と出現しなくなった。

この話の主人公李氏は現世への執着やみがたく、後妻に憑依して、家事万端を取り仕切り、はては自分の死後の祭りを絶やさぬために「息子」を買い、自らの埋葬まで差配したあげく、やっと冥界へと去って行く。こうした李氏の憑霊現象は、ひたすら嫁ぎ先の「家」への執着と怨念によって引き起こされたものである。先にあげた話の落第男、王経の死霊は、官僚至上主義の社会から弾き出され、敵《かたき》の息子に憑依して復讐を遂げ、先妻李氏の死霊は、婚家先から排除されることを拒み、後妻に憑依して、死後も自らの地位の確保を求めつづける。

近世も末期にさしかかった中国には、解消しきれない生の負債をかかえ、憑依する対象を求めてさまよう男女の亡霊が、ウジャウジャしていたのかも知れない。怪談マニアの袁枚は、シュールな現象に過敏に反応する特異感覚の持ち主だったから、そんな亡霊たちの叫びを聞き取ることもできたのだろう。ちなみに、怪異ものがたりの系譜において、憑霊現象を扱う話柄は六朝志怪や唐代伝奇にはほとんど見当たらず、近世、それも明清以降、目立ってふえる傾向が認められる。

9　女仙の変遷

超自然的な現象をテーマとする中国の怪異ものがたりの系譜には、二つの大きな流れが認められる。一つは、冥界から迷い出た幽霊、はたまた狐や虎の妖怪変化が登場する、文字どおりの「怪奇《かいき》物《もの》」であり、今一つは、人間存在の有限性を超越し、不老不死の境地に入った人々の姿を描く「仙《せん》人物《にんもの》」である。こうした仙人物のルーツは、前漢の劉向《りゅうきょう》（前七九〜前八）が著した仙人たちの伝記『列仙伝』、およびこれを踏まえながら、東晋の神仙思想家葛洪《かっこう》（二八三〜三四三）が著した『神仙伝』に求められる。

この二様の仙人伝には、男性の仙人に比べて数こそ少ないが、摩訶不思議な霊力を帯びた、奇抜な女性の仙人（女仙）もまま登場する。たとえば、『列仙伝』には、「毛女」と呼ばれる奇態な女仙の姿が描かれる。

毛女は華陰《かいん》（陝西省）の山中に住む女仙で、体中に毛が生えていた。彼女は秦の始皇帝の官女だったが、秦滅亡後、戦乱を避けて山中に入り、道士の谷春《こくしゅん》とめぐり合った。谷春から松葉を食べることを教わり、これを実行するうち、飢えも寒さも感じなくなり、身体も軽くなった。そうなってから、もう百七十年余りになるとのことだった。

毛女は松葉を食べているうち、自然に肉体を純化し、仙人と化したわけだ。『列仙伝』に登場する七十余人の仙人には、彼女と同様、穀物をいっさい摂取せず（「辟穀《へきこく》」という）、植物性の仙薬を服用し、不老長生の境地に至る者が多い。

毛女（『列仙全伝』）

一方、葛洪の『神仙伝』に登場する仙人志願者の多くは、不老長生ならぬ不老不死の境地に至り、昇天して仙界の住人となることを、最終的な目的とする。このためには、植物性の仙薬を服用しているだけでは不十分であり、修行を積んで鉱物性の仙薬「金丹」の作り方をマスターし、これを服用しなければならない。『神仙伝』に見える九十人余りの仙人の伝記には、金丹を獲得すべく苛酷な試練に耐える仙人志願者の姿を、委曲を尽くして描いたものが多い。

もっとも、『神仙伝』にも、ひょんなことから鉱物性仙薬を服用し、不老長生の境地に至った女仙も登場する。「西河《せいか》少女」と呼ばれる女仙が、これにあたる。

西河少女は仙人の伯山甫《はくざんほ》の姪だった。伯山甫は西河少女が虚弱体質であるのを見かね、仙薬を服用させた。初めて服用したとき、彼女は七十歳だったが、どんどん若返り、肌も嬰児のようにツヤツヤになった。それからずいぶん歳月が経過し、ある人物が西河を通りかかったさい、奇妙な光景を目にした。一人の娘がヨボヨボの老人をこっぴどく鞭打っているのだ。怪訝《けげん》に思って事情をたずねたところ、娘はこう答えた。「これは私の息子です。私は伯父から仙薬をもらって服用し若返りましたので、息子にも飲めというのですが、いうことをきかず、こんなに老いぼれてしまいました。それで折檻しているのですよ」。年齢を聞くと、娘(西河少女。実は老人の母親)は百三十歳、老人(実は西河少女の息子)は七十一歳だということだった。

仙薬を服用した結果、いつまでも老いず、少女のような母親と、老いさらばえた息子を対比させた、とてもおもしろい話である。ここには、不老長生を求める人間の見果てぬ夢が、ユーモラスなタッチでサラリと描かれている。西河少女は仙人の伯父のおかげで、労せずして不老長生を手に入れたが、むろん『神仙伝』には、修行を積み自力で仙界へのパスポートをつかみとった、堂々たる女仙の伝記も収められている。「樊《はん》夫人」なる女仙である。

　樊夫人とその夫の劉綱《りゅうこう》は競って仙道修行に励み、さまざまな方術（魔術）を操ることができた。彼らはしばしば術比べをしたが、いつも樊夫人の方が一枚上手だった。それでも夫婦ともども修行の過程をクリアし、いよいよ仙界めざして昇天する日が来た。だが、このときも二人の実力の差は歴然としており、樊夫人が座ったまま悠々と昇天したのに対し、夫の劉綱の方は庭先の大木に攀《よ》じ登るなど、大騒動のあげく、やっと昇天することができたのだった。

樊夫人と夫の劉綱（『列仙全伝』）

　これまた仙人伝とはいえ、夫婦の力関係を反映した妙にリアルでおもしろい話である。『列仙伝』も『神仙伝』も少なくとも額面上は、実在した仙人の伝記を収集するという体裁を取っており、けっしてフィクショナルな物語ではない。これらの仙人伝に登場する女仙は、見てのとおり、毛女や西河少女のように偶然そうなったケースと、樊夫人のように意志的に修行を積んだケースとに分かれるとはいえ、ごく普通の女性が、不老長生や不老不死といった超越的な境地に至った点では変わりはない。

これに対して、ずっと時代が下った物語に登場する女性仙人はかなり様相を異にする。たとえば、明末、馮夢龍が編纂した三部の白話短篇小説集「三言」の一部、『古今小説』の「張古老、瓜《うり》を種《う》えて文女を娶《めと》ること」（第三十三巻）には、こんな女性仙人が登場する。

六朝梁《りょう》の時代、韋恕《いじょ》なる人物が皇帝（梁の武帝）の馬を管理する役職についていた。あるとき、皇帝の愛馬が逃げ出し、花や果物の栽培を業《なりわい》とする張老人の屋敷に逃げ込んだ。韋恕の配下の役人たちが馬を求めて、張老人のもとを訪れたところ、老人は快く馬を返してくれたうえ、とても美味な瓜を配下の役人たちを通じて韋恕に贈った。

二か月後、韋恕はお礼をいうべく、妻と十八歳の娘の文女を連れて張老人のもとへ出向いた。よもやま話をするうち、張老人が独身だと知った韋恕の妻は、縁談を世話しようという気になった。ところが、張老人はすでに八十歳の老体にもかかわらず、相手は若い方がいいと言い出し、文女なら望むところだなどという始末。韋恕はむっとして立ち去ったが、それからというもの、張老人は文女恋しの一念に凝り固まってしまう。やがて、張老人は二人の媒婆《メイポ》（仲人婆）を韋恕のもとにやり、正式に結婚を申し込む。韋恕は、よもや実現するはずはないとタカをくくり、小銭で十万貫の結納を用意すれば、承諾すると申し渡したところ、なんと張老人は即座に耳をそろえて差し出す。こうなっては韋恕も断りようがなく、また文女も嫁ぎたいというので、ついに縁談が成立、ここに八十歳の老人と十八歳の少女の夫婦が誕生した。

そうこうするうち、文女の兄の韋義方《いぎほう》が遠征からもどり、妹の夫が腰の曲がった老人だと知るや、怒り心頭に発し、張老人に斬りかかった瞬間、なんと剣が真っ二つに折れてしまう。これはただ者ではないと退散し、翌日、もう一度、張老人を訪ねたところ、老人も文女もすでに旅立ったあとだった。彼らを追って旅に出た韋義方は、やがて意外な事実を知らされる。実は、張老人は天上世界に住む最上級の仙人の張古老であり、文女も上天玉女という仙女だった。わけあって下界に下された文女が俗人に汚されるのを恐れ、張古老が天上世界に連れもどしに来たというのが、事の真相だった。かくして、張老人（張古老）と文女は白鶴に乗って、天上世界へと帰って行った。

古い仙人伝に描かれた「女仙」が普通の人間から超越的な存在に変身を遂げたのとは対照的に、この物語に登場する文女はもともと仙界の住人（女仙ならぬ仙女）であった者が、下界におり普通の人間と化した存在である。この話から端的に読み取れるように、後世のフィクショナルな物語世界に見える女性の仙界関係者には、圧倒的に「仙女」が多くなって来る。ちなみに、かの『紅楼夢』に登場する賈家《かけ》の少女たちも、もともと仙女であった者たちが下界に下ったという設定をとる。

では、修行を積み、普通の人間から超越的な存在に変身する「女仙」は、物語世界で絶滅してしまったかというと、けっしてそうではない。実のところ、「女仙」は後世の物語世界においては、天に代わって人間世界のもろもろの悪を懲らしめる超能力者、「俠女」に姿を変えて、はなばなしい活躍を見せるのだ。さまざまな術を体得した「女仙」も、時代が下るにつれて、のんびり昇天する暇とてなく、下界の悪との戦いに忙殺されるとおぼしい。

10 快足の怪物

東晋の葛洪（二八三～三四三）が著した九十人余りの仙人の伝記集『神仙伝』には、分身術や変身術をマスターした、超能力者や魔術師が数多く登場する。左慈《さじ》はその代表的な存在である。陳寿《ちんじゅ》（二三七～二九七）の著した『三国志』「魏書」に、名医の華佗《かだ》を始め、曹操と関わりのあった超能力者の伝記を集めた「方技伝」なる巻がある。残念ながら、左慈の伝記はここには収められていないが、裴松之《はいしょうし》の『三国志注』に引かれた諸書（曹丕《そうひ》の『典論』など）に、曹操の集めた方士《ほうし》（さまざまな神秘な術を使う者）の一人として、その名があげられているところを見れば、実在した人物であることは確かだ。陳寿のほぼ半世紀後に生をうけた神仙思想家葛洪が著した『神仙伝』は、この方士左慈のイメージを極端に誇張し、途方もない魔術師に仕立て上げる。

左慈は後漢末の乱世に嫌気がさし、山中にこもって修行を積んだ結果、さまざまな魔術を自在に操ることができるようになった。評判を聞いた曹操は左慈を召し寄せて石室に閉じ込め、一年間、穀物を与えなかった。しかし、左慈は平気のへいざ、血色もよく、まったく変わったところがない。これはバケモノだと気味がわるくなった曹操は、いったん釈放した左慈をもう一度逮捕し殺そうとする。ところが、左慈は羊に変身して羊の群れに紛れ込み、追っ手を幻惑したり、わざと捕まって監獄に入るや、分身の術を使って何人もの左慈がいるように見せかけ、牢番を混乱させたりと、自分の魔術の腕前のほどを見せつけて、曹操を翻弄したあげく、煙のようにかき消えてしまう。

姦雄曹操の鼻をあかした左慈は、ついで荊州《けいしゅう》の支配者劉表《りゅうひょう》の前にあらわれる。彼は、ここでも一斗《と》（現在の一升）の酒と一束の乾肉《ほしにく》を無限大に増やし、一万人の兵士に等分して、一人につき酒三杯と乾肉一片をふるまうなど、凄腕の魔術師ぶりを発揮して、すっかり劉表を恐れ入らせる。

最後に左慈は江東の若き覇者孫策《そんさく》のもとを訪ねるが、魔術師嫌いの孫策は左慈を殺そうと思い、いっしょに外出して、左慈に前を歩かせ、自分は後ろから馬でついて行った。隙を見て背後から刺し殺すつもりだったのだ。ところが、前を行く左慈は高下駄をはき、見た目にはゆっくり歩いているのに、孫策がいくら馬に鞭をあてフルスピードで追いかけても追い付けない。これはお手上げだと、さしもの孫策もついに殺すことを諦めたのだった。その後ほどなく、左慈は昇仙（天上の仙界へと昇ること）したという。

このように『神仙伝』に記された魔術師左慈のさまざまな逸話は、ぐっと時代が下り、十四世紀中頃の元末明初に成立した『三国志演義』（第六十八回）に、さらに誇張した形で移植される。もっとも、『演義』は左慈の逸話をすべて曹操絡みに作り変え、その神秘な快足に振りまわされたのも、孫策ではなく曹操の猛将許褚《きょちょ》だとする。『演義』の物語世界において、魔術師左慈は、ひたすら敵役曹操を翻弄する役割を振り当てられているのである。

それはさておき、『神仙伝』では孫策（『演義』では許褚）が、見た目にはゆっくり歩いている左慈に、馬を疾駆させても追い付けないとされるくだりは、すこぶる注目に値する。というのも、『神仙伝』に登場する魔術師的仙人には、超能力の一種として、度はずれの快足を有する者が少なくないのだ。一日に三、四百里（『神仙伝』が成立した東晋の尺度。約一三〇キロから一七〇キロ）歩く者はざら、なかには一呼吸のうちに千里（約四三〇キロ）を歩く者さえある。さらにまた、李意期《りいき》なる仙人は他人に快足を授けることができたとされる。彼が護符を与え、さらに両脇の下に朱で印をつけてやると、その者は

左慈（稀世綉像珍蔵本『三国演義』）

一日のうちに千里の彼方を往復できたというのである。

仙人の世界で数日すごし、人間世界にもどってみると、なんと数十年もたっていたというのは、仙界訪問譚によく見られるパターンである。仙界では時間の流れがきわめてゆっくりしているため、仙界の一日は人間世界の数年、数十年に相当する。魔術師的仙人の快足もこれと同様、その一歩は普通の人間の数十歩、数百歩に相当する。だとすれば、彼らが一日に数百里、数千里歩いたとしても、異とするに足りず、ゆるゆる歩く左慈に疾駆する馬が追い付けなかったとしても、別におかしくはない。

ちなみに、魔術師的仙人には「縮地法《しゅくち》」なる術を使う者もいる。自ら一足飛びに移動するのではなく、地脈を縮めて千里の彼方の土地を目前に引き寄せ、その風物をありありと現前させる魔術である。『神仙伝』でこの術の使い手とされるのは費長房《ひちょうぼう》だ。費長房は薬売りの仙人壺公《ここう》に親切を尽くし、そのお礼にと壺公がいつも持っている小さな壺のなかに入れてもらい、壺中に広がる仙界すなわち「壺中天」を目の当たりにした。この稀有の体験をしたのち、費長房は壺公に弟子入りするが、昇仙は無理と引導を渡され、縮地法をはじめ種々の魔術をマスターして、地仙《ちせん》（地上で数百歳の長寿を保つ仙人）になったとされる。費長房の縮地法もまた、魔術師的仙人の快足とベクトルこそ逆だが、地上の距離を一気に縮めるという点では変わりはない。

地上の距離を短縮する『神仙伝』の超能力者のイメージは、後生の物語世界においてさまざまな形で受け継がれた。やはり元末明初に集大成された、白話長篇小説『水滸伝《すいこでん》』に登場する梁山泊《りょうざんぱく》の百八人の豪傑のうち、快足を以て鳴る神行太保《しんこうたいほ》、本名戴宗《たいそう》はそのもっとも顕著な例である。

戴宗はもともと江州（江西省九江市を中心とする地域）の獄吏の頭目だったが、たまたま江州の獄に送り込まれて来た梁山泊のリーダー宋江《そうこう》と知り合い、配下の獄吏、黒旋風李逵《りき》ともども梁山泊の豪傑の仲間入りをする。戴宗は驚異的な快足の持ち主であり、両方の足に甲馬《こうば》（神像を描いた紙）をくくり付け、口で呪文を唱えるや、一日に八百里（元明の尺度では約四四〇キロ）行くことができた。『水滸伝』第五十三回に、この戴宗の快足が絶大な効果を発揮するさまが活写されている。

戴宗（『水滸葉子』）

妖術を使う敵のために豪傑軍団は危機に陥り、妖術を破ることのできる公孫勝《こうそんしょう》なる人物を呼んで来る使命を帯びて、戴宗は荒くれ者の李逵をお供に、高唐（山東省）からはるばる薊州《けいしゅう》（河北省）へと向かう。このとき、戴宗は同行の李逵の足にも甲馬をくくりつけ、神行法（快足術）を用いさせようとする。神行法を用いる者は精進潔斎しなければならず、戴宗は李逵にくれぐれも生臭物《なまぐさもの》は口にしてはならないと注意する。しかし、食いしん坊の李逵はとても我慢できず、こっそり牛肉を食べてしまう。これを察知した戴宗は李逵を思いきりこらしめ、きりきり舞いさせる。

すなわち、戴宗が呪文を唱えながら、李逵の足にフッと息を吹きかけた瞬間、李逵の足は勝手にトットと動き出し、凄まじいスピードで飛ぶように歩きつづけ、叫んでもわめいても一日中とまらない。李逵がもう二度と生臭物は食べないから助けてほしいと哀願すると、ようやく戴宗は「とまれ」と号令をかける。すると、李逵の両足はピタリととまったものの、いざ歩こうとすると、今度は足が地面に釘付けになったように動かない。身動きできなくなった李逵が悲鳴をあげながら、今後は必ず言い付けに背かないと誓ったので、ようやく戴宗は「行け」と号令をかけ、許してやった。その後、李逵もおとなしく精進潔斎をつづけ、戴宗に助けられて神行法を用いながら、十日たらずで目的地の薊州に無事到着したのだった。

梁山泊百八人の豪傑のなかでも、とび抜けた破壊力をもつ無敵の李逵を、これほど痛めつけるとは、戴宗の神行法の威力がいかに絶大か、知れようというものだ。『水滸伝』の物語世界を文字どおり所狭しと駆け巡る、この快足の超能力者戴宗のイメージは、『神仙伝』の左慈をはじめとする快足の怪物を下敷きとして、生み出されたものであることはいうまでもない。まさに中国は典故の国。近世の物語世界の文法も、やはり典故を踏まえているのである。

11 冥界往還

明代きっての戯曲家湯顕祖《とうけんそ》（一五五〇〜一六一六）の最高傑作『牡丹亭還魂記《ぼたんていかんこんき》』は、恋患いにかかって死んだヒロインの杜麗娘《とれいじょう》が、冥界《めいかい》裁判の結果、無罪の判決を受けて現世へ「還魂」し、紆余曲折を経てめでたく再生、恋人の柳夢梅《りゅうむばい》と結ばれる顚末を描いた戯曲である。

このようにいったん冥界に連れて行かれた者が、再びこの世に立ちもどるという話柄は、実は、ずいぶん古くから見られるものだ。たとえば、六朝志怪小説集『捜神後記《そうしんこうき》』（巻四）に、こんな話がある。

広州太守馮孝将《ふうこうしょう》の息子、馬子《ばし》はある日、厩《うまや》で寝ていたときに夢をみた。年のころ十八、九の娘があらわれ、「私は前任の太守の娘です。四年前、バケモノにとり憑かれて死んだのですが、冥吏《めいり》（冥土の役人）が生簿《せいぼ》（人間の寿命などが記されている帳簿）を調べてくれて、八十以上の寿命があることがわかり、生き返ることになりました。ただ、そのためには、あなたの協力がぜひとも必要です。あなたのお力添えによって生き返り、あなたの妻になる定めなのです。助けていただけますか」というのである。馬子が承諾すると、娘はこの世に姿をあらわす日を教えてくれた。

夢から覚めた馬子は約束の日を待った。当日になると、ベッドの下の床にまず髪の毛があらわれ、ついで額・顔・肩・全身が浮かび上がってきた。まさしく夢のなかの娘である。娘は馬子に冥界の珍しい話を聞かせてくれ、二人は早くも結ばれた。ただ、この時点では彼女はまだ魂だけであり、完全に再生するためには、埋葬された柩《ひつぎ》を開いて亡骸《なきがら》を取り出し、それに魂を入れなければならない。そこで、冥界で定められた期日に、馬子は教えられたとおり柩を掘り出して、彼女を蘇生させ、二人は末長く添い遂げたのだった。

夢のなかの出会いを契機に、ヒロインの亡霊が冥界を離れて現世に出現し、恋人の援助によって再生するという、この話のストーリー展開は、大筋において『牡丹亭還魂記』とピッタリ一致する。おそらく『牡丹亭』の作者湯顕祖は、この『捜神後記』の再生譚を下敷きにして構想を膨らませ、曲折に富んだ劇的世界を構築したのであろう。

今あげた「馬子」の話は、若い女性の再生がテーマであり、エロス的雰囲気もすこぶる濃厚だ。しかし、同じく再生をテーマとしながら、やはり『捜神後記』（巻四）に見える次の話になると、様相がガラリと変わる。

襄陽《じょうよう》（湖北省）の李除《りじょ》という人物が伝染病にかかって死んだ。妻が通夜をしていると、真夜中、死体がガバと起き上がり、妻の手首の腕輪を大慌てでもぎ取ろうとする。そこで妻も手助けして腕輪をはずし、夫に渡してやったところ、また倒れて死んだ。妻がようすを見ていると、明け方になった頃、胸にぬくもりが出て来て、だんだん生気が蘇って来た。やがてすっかり息を吹き返した李除は、「冥吏に引っ立てられたのだが、多くの道連れがおり、なかにはワイロをやって逃してもらう者もいた。そこで、金の腕輪を贈ろうと冥吏に申し出ると、家に帰らせてくれた。おまえの腕輪をはずして冥吏にやったところ、すぐ釈放してくれたのだ」と、生還したいきさつを語った。

鼻薬さえきかせれば、恐るべき冥吏さえコロリと態度を変え、死者を生き返らせてくれるのだから、まさに地獄の沙汰も金次第。なんともせちがらくも滑稽な話である。

『捜神後記』に見えるこの二篇の再生譚のモチーフは、あるいは冥界に送り込まれ、あるいは送り込まれそうになった死者が、奇跡的に現世へ回帰したさまを描くところにある。このため、当然のことながら、これらの話には冥界じたいへの言及はほとんど見られない。

六朝志怪のジャンルで、冥界を具体的に描写した例といえば、まず東晋の干宝《かんぽう》著『捜神記』（巻四）に見える、「胡母班《こぼはん》」の話があげられる。この話には、胡母班なる人物が冥界の支配者「泰山《たいざん》府君《ふくん》」のお召しを受け、冥界を訪れた顚末が詳細に描かれている。実は、この話のみならず、六朝時代を通じて、泰山（山東省）の奥深くに泰山府君の支配する冥界があり、死者の魂を収斂するという伝説が広く流布していた。だから、先述の『捜神後記』の再生譚もまた、暗に泰山冥界を死者の魂の行く先としたうえで、物語世界を展開しているといってよかろう。

しかし、唐代になると、物語世界における冥界イメージも大きく変化し、泰山府君にかわって仏教色の強い閻羅《えんら》王（閻魔王）が支配する阿鼻叫喚《あびきょうかん》の地獄冥界が、クローズアップされるに至る。とりわけ、中唐のころさかんに行われた「変文《へんぶん》（通俗的な説経のテキスト）」には、「目連救母《もくれんきゅうぼ》変文」をはじめ、地獄冥界の恐ろしさをなまなましく描く作品がいくつか見られる。

もっとも、唐代変文においても、泰山冥界の場合と同様、地獄冥界から現世への生還をテーマとする話もないわけではない。唐の第二代皇帝、太宗李世民《たいそうりせいみん》の地獄落ちと再生の経緯をたどった、変文「唐太宗入冥記《にゅうめいき》」は、その一例である。「唐太宗入冥記」はテキストの乱れがひどく、意味不明の箇所も多いのだが、同じ話柄を扱ったものが、唐代の筆記、張鷟《ちょうさく》著『朝野僉載《ちょうやせんさい》』（巻六）にも見え、当時、広く流布した伝説だったことがわかる。いま、後者によれば、この話はあらまし以下のように展開される。

唐の太宗はすこぶる健康だったが、ある日、太史令《たいしれい》の李淳風《りじゅんぷう》が見ると死相があらわれており、彼は涙ながらに、「陛下は今晩、お隠れになります」と告げる。案の定、その夜、太宗は絶命、死後の世界に入る。すると、迎えに来た冥吏に地獄冥界へ連行され、六月四日のことについて尋問されたのち、無罪放免となる。かくして、夜明け方になると、太宗はめでたく蘇生したのだった。

「六月四日のこと」とは、武徳九年（六二六）六月四日、太宗がクーデタを起こして、兄の太子李建成《りけんせい》を殺害、実権を奪取した「玄武門《げんぶもん》の変」を指す。太宗は紛うかたなき名君だが、この血のクーデタの暗いイメージがつきまとい、こんな地獄冥界往還の伝説が生まれたものと見える。

それはさておき、六朝志怪に見える泰山冥界往還の物語であれ、唐代変文における地獄冥界往還の物語であれ、少なくとも今あげたいくつかの物語では、いったん死んで冥界入りをした者が、そのままの姿で現世に回帰、再生するとされている点では、変わりはない。これに対し、さらに後世の語り物の世界では、再生ならぬ転生――ほかの人間に生まれ変わる――を果たすケースが増えてくる。元の至治《しち》年間（一三二一～二三）に刊行された、『新全相三国志平話《しんぜんそうさんごくしへいわ》』冒頭の英雄転生譚はその顕著な例である。

後漢の初め、司馬仲相《しばちゅうしょう》なる人物が冥界に呼ばれ、前漢以来、決着のつかなかった難事件の裁判を担当、たちまち快刀乱麻を断つごとく、これにけりをつけた。この結果、前漢の高祖《こうそ》とその妻呂《りょ》后《こう》に殺された、前漢創業の功臣、韓信《かんしん》・彭越《ほうえつ》・英布《えいふ》の三人は、三百五十年に及ぶ冥界生活からようやく解放され、それぞれ三国の英雄、曹操、劉備・孫権に転生することになる。

なんとも荒唐無稽な話だが、これとほぼ同じ話が、やはり元代に刊行された『新編五代史《ごだいし》平話』の冒頭にも見える。ちなみに、明末、馮夢龍が編纂した「三言」に収められた、「陰司《いんし》を鬧《さわ》がせ、司馬彭《しばぼう》、獄を断《さば》くこと」（『古今小説』第三十一巻）は、曹操・劉備・孫権の転生譚を独立した一篇の短編小説に仕立てたものである。このように繰り返し取り上げられているところから見て、語り物や話本《わほん》小説のジャンルにおいて、冥界から現世へと英雄が転生するという話柄が、いかに聴衆や読者に歓迎されたか、よくわかる。

死んであの世に行っても、行ったきりにならず、この世にもどって来たい。どうせもどって来るなら、前世の非運をつぐなって余りある存在に生まれ変わりたい。六朝から明末へ、冥界往還の物語は、そんな人々の切ない願望を反映しながら変貌を重ね、綿々と語り継がれて来たのである。

12 絵姿美人の怪

古びた道具が妖怪化する「器怪」をテーマとする話については、すでに本章のはじめに取り上げた。枕や箒《ほうき》のような、変哲もない日常品でさえバケるのだから、もともと人間に似せて作られた「人形」がバケて出たとしても、驚くには当たらない。清代、紀昀《きいん》（一七二四〜一八〇五）の著した大怪異譚集『閲微草堂筆記《えつびそうどうひっき》』に、こんな「人形の怪」が登場する（同書第一部『灤陽消夏録《らんようしょうかろく》』収）。

紀昀は幼いころ母を亡くしたが、寂しい思いをすることはなかった。というのも、いつも五色の着物を身に着け、金の腕輪をはめた数人の子供が遊びに来て、彼を弟と呼んでかわいがってくれたからだ。しかし、紀昀が成長すると、子供たちはバッタリ姿を見せなくなった。

後年、父にこの話をしたところ、父は愕然としていった。「亡くなったお母さんは子供ができないのを苦にして、神廟《しんびょう》に供えられた泥人形に五色の糸をかけたりしていたが、やがて家に持ち帰り、寝室に置くようになった。それぞれの人形に名前を付けて、我が子のようにかわいがり、毎日、お菓子や食べ物をやっていた。亡くなったあと、裏の空き地に埋めたのだが、きっとそれだよ」。

亡母がかわいがっていた泥人形の変化《へんげ》が、幼い紀昀を哀れんで出現し、兄弟として慈しんでくれたというわけだ。こうした幼児体験もあって、紀昀はことのほか人形の怪に関心が深く、『閲微草堂筆記』には、祖母から聞いたという次のような話も見える（第三部『槐西雑記《かいせいざっき》』収）。

紀昀の祖母の叔父張《ちょう》蝶荘《ちょうそう》の家では、夜になると見知らぬ少女が庭をうろついた。彼女は美しい顔立ちなのに、顎の下にヒゲが生え、両頰もハリネズミのようなヒゲでおおわれていた。少女はいつも数人の子供を連れていたが、これがまた頭や首がなかったり、耳や鼻がなかったり、なんとも変だった。この奇妙な者たちは人間の姿を見るとサッと姿を隠し、別にわるさをするわけでもない。そこで、そのままにしておいたが、あるとき、家の者が物置を調べてみると、泥人形の一群が見つかった。その姿かたちは庭を徘徊するバケモノそっくり。泥人形の少女の顔には、以前、張家の子供が墨でいたずら書きしたヒゲが付いていた。

泥人形は子供の玩具だから、見てのとおり、紀昀描くところの人形の怪もちっとも怖くなく、むしろ愛くるしくユーモラスだ。このため、恐怖感覚を追求することを旨とする、中国怪異譚の流れのなかで、実は紀昀以外、人形の怪を描いた例はほとんど見当たらない。これにひきかえ、同様に人間、それも美しい女性をモデルにした「絵姿美人の怪」をテーマとする話なら、それこそ枚挙に暇がないほど見られる。唐代伝奇『広異記』(載孚《さいふ》著)に収められた「盧賛善《ろさんぜん》」(『太平広記』巻三六八収)の話は、その早い例である。

盧賛善の家に花嫁姿の美女を描いた瓷《かめ》があった。ある日、賛善の妻がその美女に向かって、「あなたを側室にしてあげるわ」と冗談をいった。以来、賛善は頭がボーッとなり、夜となく昼となく、美女が帳《とばり》のなかで横になっている幻影を見るようになった。あれこれ原因をさがしたあげく、瓷の美女が怪をなしているのだと思い当たり、お寺に瓷を預け、供養してもらうことにした。しかし、瓷の美女の執念は消えず、瓷から抜け出て寺男の前に出現し、正妻が嫉妬深くて、ここに送り込まれたとかきくどく始末。この話を聞いた盧賛善がついに瓷を叩き壊すと、絵姿美人の胸から血が流れ出たのだった。

妻のふとした冗談が絵姿美人をいたく刺激し、彼女を絵のなかから抜け出させることになったのである。唐代伝奇のこの話では、絵姿美人は哀れにもバケモノとして退治されてしまうけれども、時代が下るとともに、絵姿美人に真剣に恋し、一念かけて彼女を絵のなかから呼び出す男の姿を描く物語が増えてくる。明代、湯顕祖《とうけんそ》が著した戯曲『牡丹亭還魂記《ぼたんていかんこんき》』、および呉炳《ごへい》(一五九五〜一六四八)の戯曲『画中人《がちゅうじん》』は、その代表的な例である。

前者は、すでにこの世を去ったヒロイン杜麗娘《とれいじょう》の肖像画に魅せられた貧之書生、柳夢梅《りゅうむばい》が日夜、絵のなかの彼女に向かって、「小姐《シャオヂエ》、私はあなたが好きでたまりません」と訴えかける。すると、これに感応して杜麗娘の亡霊が出現するという展開をとる。また、後者『画中人』では、主人公の庾啓《ゆけい》が自ら描いた理想の美女の絵姿に向かって、必死で呼びかけるや、これに応じて彼女が絵のなかから抜け出して来る。『牡丹亭』も『画中人』も紆余曲折を経て、絵姿美人は現し身《うつみ》を獲得し、彼女たちを絵のなかから呼び出した恋人とめでたく結ばれ、大団円に至る。

これに対し、清代の筆記小説集『耳食録《じしょくろく》』（楽鈞《がくきん》著）に収められた短篇小説「臙脂娘《えんじじょう》」の主人公の場合は、絵姿美人に心を奪われ、ついに命を落とす羽目に陥る。

雲林（江西省）の資産家王某の家に、妖艶な数人の妓女を描いた名画があった。王家の十六歳になる息子の王韶《おうしょう》は、この数人の絵姿美人にすっかり魅了され、画の表装の上部に彼女たちの美しさを讃えた絶句を二首書き付けた。

やがて王韶の父は亡くなり、家は没落、親類の者が所蔵の骨董や名画を盗んで売り飛ばしたため、くだんの美人画も行方不明になってしまった。数年後、一文無しになった王韶は故郷を離れ、洪州《こうしゅう》（江西省）の許《きょ》という家の住み込み家庭教師になる。鬱々として楽しまない日々を送る王韶の前に、ある夜、臙脂娘と名乗る美女が忽然と出現したのを皮切りに、四人の美女が毎晩、代わる代わる現れ、彼と楽しい時間を過ごした。王韶は彼女たちとどこかで会ったような気はするのだが、どうしても思い出せない。しかし、深くは追求しないでいるうち、ある夜、四人そろって現

『画中人』より。絵のなかから抜け出して来た美女

れ、悲しげに「あなたとのご縁はこれで切れました」と告げ、王韶にそれぞれ絶句を一首ずつ贈って立ち去った。

翌日、雇い主の許に招待され、その書斎を訪れた王韶は愕然とした。なんと部屋の壁に、自分の家にあった美人画が掛けてあり、しかもそこに描かれている四人の美女こそ、毎夜、逢っていた四人ではないか。涙ながらに、この絵はかつて自分の家に所蔵されていたものだという王韶のようすに、心を動かされた許は、気前よく絵を返してくれた。以来、王韶はこれを自室に掛け、四人の絵姿美人が絵から抜け出して来るよう祈りつづけたが、いっこうその気配はなく、思い悩んだすえに絶命してしまう。時に二十一歳。四人もの美女といっぺんに恋をしようとは、いくらなんでも虫がよすぎる話ではある。

瓷に描かれた絵姿美人の怪を退治した唐代伝奇の物語。絵姿美人を熱愛する若者が、ついに彼女たちに現し身を得させた顚末を描く明代の戯曲。絵姿美人に魅入られた青年が落命する悲劇を描いた清代の筆記小説。こうして並べてみると、絵姿美人の威力、言い換えれば、幻想の力が時代の経過とともに強度を増してゆくさまが、如実に読みとれる。幻想を排除して伝統中国の強固なシステムが作り上げられ、長い長い時間を経て、そのシステムが伝統の外なる幻想の力によって突き崩されてゆくプロセスを、絵姿美人をテーマとする怪異ものがたりは、自ずと映し出しているといえば、あまりに穿ちすぎであろうか。

付言すれば、江戸川乱歩の傑作短篇小説「押絵《おしえ》と旅する男」には、押絵の美女に恋い焦がれるあまり、自ら押絵のなかの世界に入ってしまった男の姿が、なまなましく描かれている。中国の絵姿美人の怪異ものがたりにも、たとえば『聊斎志異』の「画壁《がへき》」（巻一）のように、人間の男が絵姿美人に魅せられ、絵のなかの世界に入るという展開をとる例がないでもない（この話でも、けっきょく男は現実に回帰するのだが）。しかし、これは例外中の例外であり、絵姿美人をテーマとする中国怪異ものがたりの系譜では、あくまで絵姿美人が絵から抜け出し、現実世界にやって来るほうが主流である。こうした絵姿美人出現のパターンこそ、中国の幻想ものがたりにおいて、総じて幻想を現実に呼び込もうとする傾向が強いことを、端的にあらわすものだといえよう。

あとがき

本書は、中国幻想ものがたりの系譜を、「夢の巻」「恋の巻」「怪異の巻」の三部構成によって、具体的に探ったものである。

本書を著すにあたり、六朝志怪小説から明清白話長篇小説までの膨大な中国古典小説、さらには元・明・清の戯曲など、多くの作品を次々に読んだ。とりわけ、これを機会に、漢代から北宋初めの野史や小説を網羅した類書（古今の書物から抜粋した記述を、項目別に分類・収録した書物）『太平広記』（全五百巻）を、丹念に読むことができたのは、私にとってまことに得難い経験であった。また、題材を探しながら、大怪異譚集『夷堅志《いけんし》』（南宋・洪邁《こうまい》著）をはじめ、筆記小説をヤマと読んだのも、これまた得難くも楽しい経験であった。

こうして、おびただしい作品を読みながら、中国文学における物語幻想の豊富さに、今更のごとくほとほと感じ入った。奇妙キテレツ、抱腹絶倒の物語は数知れず、そんな物語の一つを取り上げようとして、思わず爆笑し、手が笑ってワープロが打てなくなったこともしばしばだった。

まさしく驚天動地、奇抜なモチーフにあふれかえった、中国幻想ものがたりの途方もない面白さが、本書に映し出されていれば、ほんとうにうれしく思う。

詳細は巻末の「初出一覧」を参照されたいが、本書は、もともと『月刊しにか』(大修館書店刊)の一九九七年四月号から二〇〇〇年三月号まで、つごう三年、三十六回、それぞれ「中国夢ものがたり」(十二篇)、「中国恋ものがたり」(十二篇)、「中国怪異ものがたり」(十二篇)と題して連載したものである。今回、一冊の本にまとめるにあたり、表記の統一に留意するなど、いささかの手直しを加えたが、基本的に大きな変更はない。

本書が仕上がるまで、『月刊しにか』連載中は、大修館書店編集部の富永七瀬、小笠原周、北村尚子の各氏に、また出版にさいしては小笠原周氏に、たいへんお世話になった。ここに心から感謝を捧げたい。

二〇〇〇年九月

井波律子

【初出一覧】

Ⅰ　夢の巻――『月刊しにか』一九九七年四月号～一九九八年三月号（原題「中国夢ものがたり」）

Ⅱ　恋の巻――『月刊しにか』一九九八年四月号～一九九九年三月号（原題「中国恋ものがたり」）

Ⅲ　怪異の巻――『月刊しにか』一九九九年四月号～二〇〇〇年三月号（原題「中国怪異ものがたり」

全十二篇のうち十一篇を収録。「6　雷の怪」は書き下ろし）

[著者略歴]
井波律子（いなみ　りつこ）
1944年、富山県に生まれる。1966年、京都大学文学部卒業。72年、同大学院博士課程を修了。金沢大学助教授・教授を経て、95年4月から国際日本文化研究センター教授。中国文学専攻。
近著に『裏切り者の中国史』（講談社選書メチエ）、『中国的大快楽主義』（作品社）、『中国のグロテスク・リアリズム』（中公文庫）、『中国文章家列伝』（岩波新書）などがある。

〈あじあブックス〉
中国幻想ものがたり

初版発行――――2000年11月10日

著者――――井波律子
発行者――――鈴木荘夫
発行所――――株式会社大修館書店
〒101-8466 東京都千代田区神田錦町3-24
電話 03-3295-6231（販売部）03-3294-2352（編集部）
振替 00190-7-40504
[出版情報] http://www.taishukan.co.jp

装丁者――――井之上聖子
印刷所――――壮光舎印刷
製本所――――関山製本社

ISBN4-469-23165-7　　Printed in Japan

アジアの言語・文化・歴史を見つめ直す

[あじあブックス]

001 漢詩を作る 石川忠久著 本体一六〇〇円
002 朝鮮の物語 野崎充彦著 本体一八〇〇円
003 三星堆・中国古代文明の謎 ―史実としての『山海経』 徐朝龍著 本体一八〇〇円
004 中国漢字紀行 阿辻哲次著 本体一六〇〇円
005 漢字の民俗誌 丹羽基二著 本体一六〇〇円
006 封神演義の世界 ―中国の戦う神々 二階堂善弘著 本体一六〇〇円
007 干支の漢字学 水上静夫著 本体一八〇〇円
008 マカオの歴史 ―南蛮の光と影 東光博英著 本体一六〇〇円
009 漢詩のことば 向島成美著 本体一八〇〇円
010 近代中国の思索者たち 佐藤慎一編 本体一八〇〇円
011 漢方の歴史 ―中国・日本の伝統医学 小曽戸洋著 本体一六〇〇円
012 ヤマト少数民族文化論 工藤隆著 本体一八〇〇円
013 道教をめぐる攻防 ―日本の君王、道士の法を崇めず 新川登亀男著 本体一八〇〇円
014 キーワードで見る中国50年 中野謙二著 本体一七〇〇円
015 漢字を語る 水上静夫著 本体一八〇〇円
016 米芾 ―宋代マルチタレントの実像 塘耕次著 本体一八〇〇円
017 長江物語 飯塚勝重著 本体一九〇〇円
018 漢学者はいかに生きたか ―近代日本と漢学 村山吉廣著 本体一八〇〇円
019 徳川吉宗と康熙帝 ―鎖国下での日中交流 大庭脩著 本体一九〇〇円
020 一番大吉!おみくじのフォークロア 中村公一著 本体一九〇〇円
021 中国学の歩み ―二十世紀のシノロジー 山田利明著 本体一六〇〇円
022 花と木の漢字学 寺井泰明著 本体一八〇〇円
023 星座で読み解く日本神話 勝俣隆著 本体一九〇〇円
024 中国幻想ものがたり 井波律子著 本体一七〇〇円
025 大小暦を読み解く ―江戸の機知とユーモア 矢野憲一著 本体一七〇〇円
026 アジアの仮面 ―神々と人間のあいだ 廣田律子編 本体一九〇〇円

以下続刊

2000年11月現在